阮慶岳散文集

散步去蒙田

ROAN CHING-YUEH MONTAIGNE

ROAN CHING-YUEH
阮 慶岳

自序

散步的人

我從來沒有想到在這樣的年紀，忽然開始覺得散步可以有趣。原本所以不喜歡散步，一則是懶惰兼覺得單調乏味，再來也是我有些害怕夾身在太多陌生人中間，對於被別人注視這事情，特別敏感不安。

現在偶爾會出去散步，路徑也固定兩條，一條是我住的街道，這裡有我生活所需，以往就應付日常地匆匆出入，現在卻逐漸能享受慢慢瀏覽人事物的樂趣；另一條是街道外側的小溪，由於整頓得宜，即令只是不顯眼的溪流，沿路看花、水鳥和游魚，讓我也尋得樂趣。

看別人散步有伴，會想著誰會是我最想一起散步的伴侶？我覺得心靈可對話的人，應該是我的期待。就像七等生小說〈散步去黑橋〉裡的「我」，邀請童年的靈魂「邁叟」（my soul）去散步，決定一起走去鎮郊的黑色板橋，兩人沿路回顧著生命的片段光影，並終於發現童年記憶裡的黑橋，竟然已經變成白色的水泥橋，讓「我」終於痛哭失聲。

七等生說這小說「試圖給予在同一個空間環境中，現在與往昔兩種不同時間的價值比較」，應是對於生命本質寓意的深遠反思，有如對個人生存價值的總體回顧。而我現在散步的感覺，比較是片段零星的沿途感受，就依賴著當下的所見所思，藉由能與一個信賴的智慧者對談，期待得到坦率與直接的相互敲撞，以反覆鑑照出我的內在本色來。

若這樣想，我完美的散步伴侶，就應該是蒙田了。所以如此，是我覺得蒙田的睿智博學與開放自在，譬如他以目光掃過人間的日常事物，便能輕鬆地衍生出讓人省思的看法。而且，他能不斷地向自己發問，卻並不做任何具體回答，只是重複說著「我知道什麼呢」的懷疑態度，以及敢於否定與揭示真理，並關注生命個體的偶然性、與接受命定不能完成的事實，都讓人欣賞不已。

某個程度上，我覺得蒙田努力想讓自己成為一個身心真正合一的人，讓日常所見所聞，能與內在心靈緊密契合。但是這樣去凝視自我，看似容易，其實非常不簡單，英國詩人奧登在《染匠之子》，這樣寫著關於自我的凝看：

「每一種自傳都涉及兩種角色，堂吉訶德——『自我』，和桑丘．潘沙——『自身』。……在一個版本中，他會像是一個著了魔的造物，一個富有激情的騎士，對著『信念』和『美』吟唱小夜曲，一本正經，顯得比真人龐大；而在另一個大相逕庭的版本中，充斥著詼諧和自我反諷，沒有激情，很容易厭倦，顯得比真人小。」

然後奧登這樣形容這兩個有如鏡中對照的自我與自身：「就像桑丘．潘沙眼中的堂吉訶德，他從不禱告；就像堂吉訶德眼中的桑丘．潘沙，他從不說笑。」因為人從來就是分裂的，就只是鏡子裡的影子，誠實合一並不容易。

這種面對真我的執著態度，能拿來與蒙田匹敵的人不多，寫過《懺悔錄》的盧梭，絕對是其中翹楚。但是，他卻屢屢對蒙田的真誠，做出譏諷與質疑，盧梭這樣寫著：「我老是笑蒙田的那種假天真，他佯裝承認自己的缺點，卻小心翼翼地給自己派上一些可愛的缺點。」

這樣看來，真正的誠實可能真是不容易，連蒙田都難以過關。但是，我依舊想像著能與蒙田兩人，這樣走在我所熟悉的街道與溪流邊，看見什麼就談什麼，沒有禁忌也沒有企圖，不斷交換著彼此的生命氣息與脈動，藉此激盪我觀看世界的視角。

就譬如說，蒙田曾經是這樣來談論他的走路與思想：「我走路快速而且步履堅實：我若讓我的思想與身體同時停下來，不知是思想還是身體會更感吃力？」然後繼續說：「我跳舞時就跳舞，睡覺時就睡覺。」

哈哈，這樣磊落誠實的蒙田，應該是我的自我與自身，都想要投射的影子，當然一定也是我最愛的散步伴侶了。

目次

散步路徑二　城愁

散步路徑三　一個文明的黃昏

散步路徑一

里居有溪

菜市場

我既不擅長也不喜歡煮飯，但是上市場終究不可免，我長時卻只去家附近的超市。原因自然有一些，其中主要是三餐吃食，對我而言，其實就是一種必要的人生之惡，能輕鬆化解自然最好。而去超市買東西，至少簡單俐落也乾淨，完全符合我想減低任何外在危害的邏輯，更重要的是完全不需要與任何陌生人説話，也化解我對必須與群眾摩肩接踵的莫名恐懼。

但是，逐漸發覺自己會在週末早晨，有想搭公車去往四站遠傳統市場的心意。一初始，直接會去的是超市裡沒有的花鋪，順便也會去買一些新鮮的蔬果，其他顯得繽紛喧鬧的各色攤販，我通常就像旁觀者一旁駐足觀看，會有些擔心自己在外貌與日常知識上，是否顯得魯鈍愚昧，讓那些熟練的店家看了笑話。

然後，不知不覺就加入興奮的人行忙碌行列，我通常蓄意穿夾腳拖和短褲，然後背著一個袋子，沿市場入口晃蕩下去，一路摸摸食品貨色、問問價錢高低，聽著商家幾聲美好暗爽的帥哥稱呼，腦中盤算如何搭配再來一週飲食，一一採購入袋回家，姿態神色逐漸有個熟悉模樣。

譬如這個剛過去的週末，我買了幾塊豬蹄膀來燉湯，搭配的是蓮藕、山藥和豆腐，這大概可以撐我幾餐的伙食。另外，還買了可現食的菜餚，方便我懶惰的天性，有一瓶現榨的檸檬原汁，用來沖調我的夏日飲品，離去前必去越南小攤販，買了現做的生春捲及冰咖啡，直接站在路邊吞食下肚。

這次最得意的，是帶回來白花叢開的梔子花。花鋪主人說梔子花最好養，我還是有些擔心不安，因為過往那些我愛的花，卻總是不能被我養好。她安慰說：別擔心，只要天天澆點水曬點陽光，保證花香天天有。我把梔子花安置在陽台的綠色植栽中間，嗅聞著屋裡的暗香浮動，期盼花樹彼此為伴，並且和樂共處。

我以前害怕去熱鬧多人的菜市場，現在發覺一到週末，就想要去那個小巷子的市場流連往返，回家時都滿心愉悅與感謝。

做菜記

週末去住家附近的傳統市場買菜，已經是我生活中十分療癒的事情。通常在去之前，大約知道要去哪幾攤買東西，當然也期待會出現一些小意外，來打亂我心中有些單調的煮食計畫。譬如今早市場看見又忽然出現的雲林羊肉攤，買時直接指著想要的肥瘦部位和斤兩，老闆立刻大刀剁下去，看我很不像煮菜老手，還熱心教我如何燉煮。

確實，我一直不是廚房內的高手，小時候就覺得廚房瑣碎也血腥，完全沒有興趣去了解美食究竟如何生成，到了出國留學前，母親幾次想教我基本煮食法，看我興趣缺缺，就直接把「傳培梅食譜」交給我，以免我此去無餐飯可食。但是說來也奇怪，我在家中有兄弟兩人，雖然同樣自小不得栽培，成年後卻都嫻熟也熱衷於廚藝，其中一個還以餐飲業為生，家庭聚餐時看兩人大顯身手，我則完全不會被派上任何任務。

但是，拜在國外居住以及單身多年的過程，也練就一套求生與簡單宴客本事。過往在鳳凰城工作時，從一個年輕廣州同事學來不複雜的兩道菜：蔥油雞以及大蒜豆豉魚塊（或豬排骨），大約能應付小陣仗的聚會。但心裡有數，要和那些真正講究的人相比，最好還是裝作自己五穀不分，免得招來各樣批評與打擊。

能為自己做些菜，畢竟還是有些小確幸。譬如早上買來的現宰羊肉，放入大鍋裡燉煮，加進去同時配來的中藥（老實說我並不清楚究竟是些什麼），自己另外放了愛吃的花生（老闆面有遲疑地說：別人花生都是燉豬腳的喔），特別淋了一些麻油，現在滿屋子生香，覺得能在冬天這樣過日子，還真的不錯。

我煮菜沒有章法，就是煮給自己吃，壓力因此一點也不大。母親成長時也沒學會下廚的功夫，一口氣生了六個小孩，她也勤奮向多半是閩南或客家的鄰居，學著如何料理食物，同時跟福州鄉親或食譜求教，果然練就南北合的餐食，家人朋友都稱讚。

我現在有些後悔自己過往太懶散，沒多學些喜歡的菜，就算不能拿出來宴客，可以自己每日費心做點餵自己的好吃食物，犒賞自己的肚腹。這樣平凡的小勞動與小開心，也是最簡單的幸福了吧！

破盤子

朋友來家裡吃飯，發現我有不少缺了角的碗盤，並且竟然繼續拿出來使用。就納悶問我說：「你又不缺錢的，為什麼不去換一套漂亮完整的餐具來用呢？」我一時有些訝異，竟不知怎麼回答了。

我的碗盤來源不一，很多是二十年前搬進現在的居處時，家人朋友們好心把家裡多餘的餐具，隨手送我使用；其他有些就是自己陸續添買的，有時是補充不足，有時是喜歡碗盤的模樣。現在打開小小的櫥櫃，像個繽紛的植物園，個個有自己的典故來歷，也各自有著與我共歷的記憶。

看到這些難免在歲月中逐漸會缺角耗損的碗盤，會有些心疼的感覺，好像看見一株完整的樹，忽然被人裁去一段枝葉，同樣覺得也疼痛起來似的。於是，注意到有人會特意去學習修補碗盤的技巧，尤其在裂縫上鑲出漂亮的滾金線條，就好奇去問了究竟，發覺這樣滾金修復的費用昂貴，完全不是為我這些粗碗俗盤所做的設想。

我自己端詳這些顯得缺憾的碗盤，確實感覺應當棄之若敝屣、並且立即購買新物做替換的呼喚，會四繞環身而起。但是，我對於已經使用習慣的物件，特別不捨得拋去，包括我愛穿的那些固定衣褲，會送去給修補的婦人一補再補，甚至到她都勸我別再補了，可能還私下要同情我是否沒有新衣可換。

我喜歡已經用舊也用慣的物件，尤其本來就費心製作的好物，特別在時光裡會散發出獨特的光輝，有如知己好友完全無須多語，就能互知彼此的心意所在。然而，或許必須不斷購買新物，成了一種時代的習慣，因此能夠與人共處長久的物件，也顯得越來越少，不斷轉換的光鮮新穎姿態，默默替代了可以把玩互語的物我關係。

也因為朋友好意的提醒，讓我後來不太能自在地擺出缺角的碗盤招待他人，好像有什麼虧欠的情緒，在暗中繚繞似的。我想了一下，覺得應該是擔心朋友會因此為我感到委屈，而我卻其實也會為我的碗盤覺得遺憾。

是的，朋友覺得這樣用破碗盤的生活，過得未免有些不符身分的委屈和難堪，我反而覺得碗盤與我的溫暖情誼，居然無人能見出能明白，為此也覺得有些悶悶不樂呢。

牛肉麵

牛肉麵不知何時，已成為蔓延全台灣的經典美食。我小時候住在屏東潮州，沒有聽過牛肉麵的名字，反而客家的豆芽粄條，更是引人流連的代表攤食，加以還是務農且物資貧乏的時代，身邊不乏忌吃（或吃不起）牛肉的人，牛肉麵只像什麼遠方傳奇，既是遙遠又難臆測。

後來搬到台北，身邊忽然出現許多外省同學，譬如國中所在的民生社區四圍，就有不少眷村子弟，麵食與川話成為日常的一部分，與這個背景連結濃厚的四川牛肉麵，也漸漸進入耳目與口腹之中。

母親不知是否耳濡目染，或是疲於應付我們六個小孩的每日便當，一改過往在南部向閩南鄰居習來的做菜習慣，會開始自己動手發麵做饅頭花捲，並且擀皮做水餃包子，甚至料理家常版牛肉麵，讓我們一家進入南北合的飲食新境界。

回頭再看，除了一直存有的某種嚮往，我並不真的那麼愛吃牛肉麵。原因不怎麼明白，可能是因為我肉食本來就吃得不多，滿滿覆蓋麵碗的大塊牛肉，反而會讓我退避三舍，半筋半肉通常會是我的選項；另外，我的口味比較清淡，薄片燙的清燉牛肉麵，經常會更對我的胃口，就譬如半熟嫩肉的越南生牛肉河粉，就反而讓我百吃不厭。

近年教書往來眷村興盛的中壢，聽人說這才是牛肉麵的正宗源處。我不免去吃了幾家，還是覺得牛肉的氣勢太強盛，口味有些承受不起，會偷偷改點小碗的榨菜肉絲麵或大滷麵，並專注吃食更吸引我的各樣滷味，覺得吞吐自在許多。

我其實並不討厭牛肉，尤其居住在以牛排自豪的芝加哥幾年，對於那樣優質的厚片牛排，還有著垂涎的印象，另外最近得以重返潮州，一嘗當地著名的快炒本土牛肉，真是覺得口齒芬芳也回味無窮。

我想對於牛肉麵的某種抗拒，與似乎不能歡欣輕鬆接受，有可能源於我幼年搬家的適應焦慮，在當年顯得城鄉間巨大的文化差異衝擊下，牛肉麵作為將取代客家豆芽粄條的替代者，可能一直被我在潛意識裡不自覺地作抗拒。

哈哈，一碗牛肉麵可以扯到童年的文化自我壓抑，看來我最好少吃幾碗麵，省些錢去掛號看看心理醫生，解一解這個人生困境了。

芒果的滋味

長久以來，我想到夏天時，浮現腦海的意象，就是黃澄澄的芒果。

我是生來怕冷的人，一感覺到入冬的氣息，心情就颼地立刻颳起寒意，尤其特別要懷想起夏天的各樣好處。我記得小學剛從南台灣搬到台北，就完全被台北冬天的陰雨寒冷嚇到，儘管母親為我們配備衛生衣褲以及毛線褲，睡前還用小暖爐烤熱被窩，但是那樣儼然如臨大敵的冬日氣氛，我依舊是印象深刻。

也因此，整個台北冬天如此的難受，讓我一直想念著屏東的夏天。在屏東的夏天，其實是伴隨著暑假一起到臨的，通常是在大人們紛紛去睡午覺，外頭震耳嘶鳴的蟬聲，以及熱到柏油馬路黏腳的下午，也是最顯無聊的時候，鄰家小孩來相約的壯闊旅程，其中包括去偷襲鄰居結實纍纍的芒果樹，這樣以細竹竿與憑靠石頭的努力，收穫不僅大半慘澹，也常招來惡犬與大人的追趕辱罵。

那時的芒果，還沒有現在的碩大與金橙色澤，能吃到真正不帶酸勁的甜味，應該是幸運有福氣的。後來，一如台灣的許多水果，有各樣忽然出現的芒果品種，也都變得甜美漂亮無懈可擊。我還記得在這樣水果大變身的時期，各種打針作假的傳聞，其實十分廣泛平常，我們甚至都要盯看剖開的西瓜或芒果，仔細去研究有沒有施打糖精的痕跡。

但是，很快就明白芒果本就是這樣的甜，不必造假就豐盈誘人。唯一的麻煩，反而是怎麼可以吃得盡興，卻又不怕吃相難看，甚至沾得衣服上汁液紛飛，落得教養儀態全無。當然，如果能夠有人切盤伺候，刀叉輪替的優雅入口，自然十分美好，要不我會直接對著洗碗槽，落英繽紛地大口吃起來，還可以邊沖水洗嘴手，最近的進化版，就是直接切好攜入浴室，一邊淋浴同時大快朵頤起來，完全沒有會弄髒什麼的壓力存在。

有時，我望著美好的芒果，會感覺到老天的善意，可以有這樣的果實，安撫我時時顯得空虛的肚腹與心靈。當然我特別流連鍾愛的，還是像芒果這樣的熱帶水果，那種奔放、無私與野勁的個性，好像包藏整個夏天的濃烈溫度，只要一口咬下去，就甜蜜繽紛的四下綻放，讓我只能跟著心花怒放了。

吃螃蟹

朋友相約要趕在秋天結束前，一起去大溪漁港吃螃蟹，我吃食一向懶散怕麻煩，唯有吃起新鮮的海鮮來，立刻有「雖千萬人吾往矣」的決心與毅力。大溪漁港我沒進去過，常到附近不遠的「廟口海產」，每次吃完他們的螃蟹粥，都覺得心滿意足人生無憾。

漁港的規模並不大，沿著港邊的道路兩側，就是地攤般的新鮮魚貨。我和友人選擇了剛上岸的三點蟹，被老婦人說服買下籃裡剩餘的蟹，秤起來兩公斤半，拿到店裡料理出來，滿滿有四十來隻，幾乎占了半張桌面，後來我貼照片出來分享，果然引來豔羨的驚叫連連。

我雖然從來愛吃螃蟹，但是平生也沒見過這樣可以任我大吃的排場，自己會偶爾料理或是去海鮮店嘗鮮時，頂多就挑個三兩數隻，吃起來也是小心謹慎，完全沒有眼前這樣的豪邁氣勢，幾乎有著一日君王的成就滋味。

這種小心慎重的模樣，有一次出差去到成都，讓朋友宴請生平首吃大閘蟹時，真的才算開了眼界。看一桌人個個嚴陣以待，真的終於上菜時，不過是小小一隻螃蟹，還要配備各種吃食道具。而且果然開始吃起來時，每個人都是全神貫注，又夾又敲又挑的，像是外科醫師在動什麼精密手術。

這樣既是嚴謹小心又其實內心急切的吃食過程，確實讓我大開眼界，也留下吃螃蟹的深刻印象。至於大閘蟹的滋味如何，只是記得果然好吃，但是為何必須如此地大費周章（聽說有人吃大閘蟹的道具共有八樣呢），以及無法真正大快朵頤地吃到盡興，反而一直覺得徒留遺憾與不解。

我後來想這樣吃螃蟹的架勢與速度，其實很有哲學意味，就是不管你多貪吃，也還是得按捺下性子，依照繁複工作的固定程序，不疾不徐地進行看起來手忙腳亂的吃食。基本上，這吃食也根本快不起來，有點亂針繡花的意味，就是又急切又優雅又狼狽，共構出一個有趣的吃螃蟹景觀。

因此，能這樣坐在港邊的攤席裡，以著近乎佛心的合宜價格，一邊飲著冰冷的啤酒，一邊看著外面的漁船海景，肆無忌憚地大吃特吃滿盤鮮活的螃蟹，真是賞心樂事般的暢快，也終於覺得我今日不負秋日、秋日也完全不負我了。

年夜飯

離年夜飯還很早，居然已經聽到朋友相約要出國，以避開吃這頓年終的大餐。所以會知道，正因為我也是被邀約的對象，應該我在不覺間早就被列為不想吃、或根本就沒得吃年夜飯一族的吧。

這原因想來也有其必然性，在美國讀書工作的好幾年，那時公司既不放假，身邊也沒華人社群，當然直接斷絕這個理所當然舊習的癮頭，再加上我長年習慣獨居生活，最怕綿長牽連的婚喪喜慶場合，也使得我與年夜飯漸行漸遠，尤其在父母親分別離世後，更沒有覺得非得要與誰聚首共餐的必要性。

這個性看來有些孤僻離奇，但我對年夜飯確實比他人無感一些。首先我自小就不怎麼在乎吃食的精緻好壞，無法像其他兄弟姊妹那樣雀躍期盼出爐的美食。看母親為那頓大餐忙碌不已，從書寫菜單、採購到煮食的用心過程，確實還是很令人感動與懷念，但那毋寧更是對親情的懷念，這也是後來母親無法入廚烹煮，改由各家共同一起出菜，所無法替代的獨特感受。

另外，隨著各自的分枝長大，當初圍聚一桌的單純心思，也逐漸複雜起來。尤其在現實的繁忙狀態下，平日不常聯繫也不知現狀如何的老少親人，基本上是會善用這頓人人皆到齊的聚餐，一一數算過去學業事業婚姻愛情等等大小事情，然後或勸告或讚美或建議的各方意見齊飛，若不幸淪為邊緣者與失敗者，自然會覺得壓力爆表，美食當前也不知滋味了吧。

在過往的農業社會，家族確實可以互相提攜協助，因此這樣的關懷與詢問，自然有其現實上的需求與幫助。如今在分飛求生的時代，每個人的處境與困難都不一樣，除了不易在家人間，得到實質上的理解或援助，反而是其中衍生的價值差異，還不免要成為爭議的源頭。

我確實認真考慮把年夜飯改成一趟小旅行，或就安靜閉門休息幾日，讓喧鬧的氣氛轉成平淡的靜謐。也不是不懷念小時圍爐的溫暖安全感覺，而是更意識到此刻的我，好像越是能夠享受獨處的悠閒。

現在就開始擔心年夜飯，真的有些杞人憂天，何況我依舊喜歡溫馨無慮的小聚，所以若真有人邀我參加有酒且少閒語的年夜飯，我保證一定會認真去雀躍考慮的。

開車

我小時暈車，長大後對汽車有些畏懼，現在卻經常以車代步，逐漸有些發覺開車的樂趣，尤其，是一個人馳行在一長段熟悉的路途（在空曠的鄉野或少車的高速公路上，感覺更是美好）。基本上，可以有如自動駕駛般，完全不用費心思去盤算，就任由熟悉的馬路與景象川流過目，彷彿在看著倒背如流的老舊電影，既是安心也覺得鬆弛。

最舒服的感覺，是車內所屏蔽出來的完整空間，與自我的身體及意識之間，某種相互歸屬的合一感。彷彿此刻的宇宙世界，就僅僅是存有著我與這個空間，其他擾人的外界事物，在車我合體的時空奔馳狀態中，忽然都可以褪去無蹤。

車內播放的音樂也是關鍵因素，或許是封閉空間的回音效果，有如在浴間的歌聲迴盪效果，喜愛的音樂此時顯得特別蕩氣迴腸，與彷彿正凌霄奔馳的速度感，完美地結為一體。在這時候，不管是全然地放空腦子，或是專注心思在任何事情，都是特別的合適與舒服。

這樣顯得孤獨卻不必然孤單的空間感受，我年輕一度住居在鳳凰城時，特別有著清楚強烈的經驗。在那個人人都必須以車代替雙腳、四圍環繞著荒旱沙漠的城市，在週末我會開著我的四輪傳動吉普車，半冒險地往著不熟悉的荒漠四野馳去。那時一邊懷著異鄉遊子的孤獨無依心情，一邊聽著與舉目皆是禿黃的岩石及大地色澤，顯得特別搭配的鄉村歌曲，在歌手濃重也熾烈的情感表達裡，獨飲般享受著某種求仁得仁的自我放逐感。

我現在日常去學校上課教書，也都是開車走高速公路往返，有人會問我這樣開車不累嗎？我都說不但不累，這一段小小無人干擾的時空經驗，反而一直讓我覺得珍惜。這樣大約一趟一小時的獨處時光，我往往任由腦子自在奔馳，有時想一些困腦難解的問題，有時開心地探索正在寫小說的情節，有時就完全放空聽音樂，完全覺得無疆無界的自由。

我小時候一聞到汽油味道，就覺得暈眩噁心，搭車有如被逼迫進入什麼牢籠，避之唯恐不及。現在，卻覺得車子有如我心靈裡的雙翼，可以全然知我和安心地伴我，並一起進入親密對語的馳騁關係裡。

愛睡覺

我一直覺得我是一個愛睡覺的人，對此也懷著深深的羞恥感。

譬如在我當年面臨升學與聯考壓力的階段，早上起床根本是一件極其痛苦的事情，被褥與床榻有如難以逃脫的黑洞，日日都是一場艱辛的對抗與征戰。後來，雖然人生不再需要日日準備考試了，但是服兵役與上班族的生活，依舊發覺起床極其困難，睡眠似乎也永遠不得滿足。

回想起來，我當時十分眷戀睡眠，加上又是輕易入眠的人，只要一躺到熄燈暗黑的床上，就彷彿進入終於自在與安適的宇宙，外面世界也因此可以全部退卻遠離去。只是，這樣美好的時光，總要因為各種工作與責任，而被迫打斷中止，也讓起床有如纏身不去的夢魘。

年紀越是老大，越是發覺我的睡眠時間，的確多於一般他人，但這並不表示我喜歡無止盡地睡眠，我只是終於理解能讓自己飽滿睡足一覺，是一件多麼重要的事情，而且這樣做並不如想像中的困難。

過往從青少年到中年的大半人生，都懷著愛睡覺就必定是懶惰者，以及能夠犧牲睡眠的人，才是成功者的必要精神，這樣宏大的社會期待過活，讓自己就僅僅睡個好覺，都覺得彷彿虧欠了誰似的。

另外逐漸明白，起床所以困難，更是對於起床後等待著我的人生，其實懷抱著強大的厭惡與抗拒。也就是說，所以不能也不願意起床，有很大的部分，根本是因為不想在起床後，面對只能讀書考試、無腦當兵，或是單調甚至痛苦上班的每日生活啊。

我後來人生路徑選擇，看起來有些曲折多變，其實就只是選擇可以讓我睡飽一覺，然後在醒來時，會懷著喜悅期待的心情，能去迎接與面對的每天生活，這樣單純也簡單的決斷而已。

現在回看當年被升學與考試壓身的自己，不免覺得疼惜也難受。因為就算被這樣日日不得飽睡地折騰那麼多年，其實也從來沒有成功地證明了什麼，光是聯考都只是幸運地吊上車尾，上班的生涯也沒有輝煌騰達過。

反而，是在爭取了人生的主動發球權後，並且決心過著能睡飽睡足的生活，才終於覺得呼吸順暢開朗，也明白原來起床與睡覺，都可以也應該是能夠讓人開心的事情呢！

下雨

每年春天才一開始，擔心夏天雨量不足的各種訊息，就謠言般地充斥而來。然而梅雨季究竟會多長，有幾個颱風會登陸或過境，其實都還一無所知，就已經自己嚇自己地慌成一團。

雨水究竟來不來，畢竟還在目前科技的控制之外。而且，在科技還無法代替祈天求雨的傳統期待前，人們卻已經失去與雨之間那種長期相依共生的情感連結。也就是說，關於雨水攜來人類賴以為生的基本要素，這樣重要的生命事實，反而被一些驚恐的數據替代，讓人覺得雨水似乎從來無情，彷彿生來就是要與人作對的。

我幼年在南台灣成長，對下雨的記憶十分深刻。尤其夏日午後，那乍乍來去的驟雨，叮叮咚咚敲打著屋瓦的節奏，勾發出來泥土的濃重芳香氣味，不但消去了酷熱的感覺，大地枝葉都煥然一新，處處顯得生意盎然，讓人身心都覺得清爽舒暢。

若是颱風到來，則會讓所有人都嚴陣以待，我們住的是水泥造的二樓宿舍，安全基本上無虞。最擔心的問題，是那不可預測的木屋頂漏雨狀態，家裡的臉盆鍋碗一切的容器，全都拿出來承接隨機滲入的雨水，大家也忙成一團。儘管如此，那種一家人同心協力的氣息，卻是十分溫暖難忘，尤其在風雨不時咆哮的時候，家人依舊在燭火下圍桌吃飯，特別感覺到親情的安全依靠，以及可以面對苦難的意念信心。

當然，由於人類與自然的關係丕變，導致雨水來去更是不可預測，甚至彼此對立的緊張狀態，也越發劍拔弩張起來。譬如連善於防災治水的日本，前陣子在暴雨及土石流的重創下，街道變成泥濘河道、屋倒車翻斷水斷電，還造成百餘人的死亡，幾乎難以置信。也讓人深思過往人定勝天的自大思維，終於導致大自然的反撲，應該已是此刻不可逆轉的人間事實。

我很遺憾人類和雨水的關係，竟然變成此刻這樣的敵對狀態。我還是會不斷懷念起小時候的情景，那樣獨自聽雨、接雨和觀雨的安靜心情，那種默默期待與信任上天必然憐憫人間的謙卑，以及一家人相濡以沫的相守相持氛圍。

我懷念那樣伴隨我長大的下雨時刻，那種與土地與雨和諧共處的關係。

我不愛開會

我不喜歡吃應酬的飯局，但是，我更不喜歡開沒有實質意義的會議。

也許，因為我是任教於大學的所謂專家學者，找我去當諮詢顧問或審查委員的公家單位，明顯有著日日增加的跡象。起初，還會覺得既然蒙受別人的信任，應該要盡己力去扮演好被期待的角色，但是時間久了，逐漸發覺許多公部門會議的用意，並不在於真的要切磋思考，或是想要尋求進一步的答案，而更只是在於完成一件公務流程的要求。

也就是說，我發覺許多公部門的會議，只是要所謂的學者專家來出席，以便完成行禮如儀的背書動作。這背後當然透露了主事者不敢承擔事責的態度，於是找一群學者專家三言兩語地匆匆對話，結論通常也是語焉不詳，而究竟有沒有去真正執行，也從來沒有後續告知的動作。

參加許多次這樣的會議後，說真的已經對於要不要嘔心瀝血去和對方討論，都開始心生懷疑，也漸漸覺得這些會議很像煙花，每一次施放都似乎有聲有色，最終卻可能只是船過水無痕的空白狀態。然而，這種無效會議的記錄過程，反而成了公部門不可免的日常狀態，上焉者可能還會在其中擇善選用，下焉者則為了省事，就根本有固定的學者專家做合作班底，一邊行禮如儀地蓋橡皮章，一邊領出席費（雖然並沒有多少），兩造皆大歡喜。

民間企業當然也必須開會，也需要徵詢學者專家的意見，但是主辦會議時必會有可以真正對話與決斷的主事者，也有清晰的議題與目標任務，通常只邀請絕對相關的人參與，即使三兩人也足已，不會擺門面掩人耳目地虛張聲勢，結論因此清楚明晰，對話也可以鞭辟入裡。

我因為參加過太多無意義的會議（包括在大學裡一樣重複的無數行政會議），讓我已經有著一朝被蛇咬的驚恐，而想遠離這些浪費時間與精神的事務。並且，不免要暗自擔心著，這許多會議的背後，是否透露著行政系統的某種無效運作，以及主事者並未能得到真正授權或支持，因而膽怯不敢擔當的殘酷事實呢？

關於開會：我喜歡真正可以對話，能夠解決事情的建設性會議，我不喜歡被當成橡皮圖章使用的假會議。

缺點

我從小就意識到自己的不完美，也明白要成為人人稱讚的那種小孩，基本上是不大可能的。譬如我極度害羞，無法與同儕輕易攀談交朋友，和長輩講話或面對公眾就更不用說，連目光直接對視都很困難，加上我幼小時，據説頭顱大肢體細小，走個路碰桌撞椅的，讓大人提心吊膽。

隨著年紀漸漸增長，這些讓自己顯得不完美的缺點，或顯或隱的各自生滅，新的缺點倒是勤奮地不斷冒出來，完全不讓我有機會成為完美的人。但是，我與缺點相處久了，倒是找到了彼此相安無事的模式，後來不僅能接受彼此的存在，甚至還發覺許多所謂的缺點，多半是單一標準下約定俗成的結論，如果能換一個視角去看，反而可以藉此展現出個人特質，成為別人難及的優點。

譬如我的害羞習性，可能正是讓我從小可以習慣獨處，並且埋首閱讀的原因。因為，書中的世界比現實的世界讓我覺得愉悅也心安，而且這樣以閱讀來迴避人事的習慣，看起來也許有些不健康，但從閱讀獲得的益處，卻還是一直滋養著我的生命發展。

可是我雖然熱愛閱讀，卻不能像別人有過目不忘的本事，反而有著無法背誦牢記文章的問題，甚至在升學競爭的過程，還因此屢遭挫折被刁難。然而，對此我並沒有特別去在意，甚至還任性地走上寫作的路途，並逐漸發現這樣無法記憶的缺點，反而正是讓我與別人差異的原因。

這樣說顯得離奇，但現在想來確有其事，譬如我小說的文字使用，常會引來不同的看法與關注，甚至用歪斜奇怪、口吃結巴、綿長拗口做形容，認為我所以不用大家喜歡的流暢漂亮方法來寫，應該是蓄意做作的某種意圖。其實，就因為我無法熟記別人的漂亮用法，只好自己坑坑疤疤地蹣跚前行，以自己揣想的韻律，來捕捉我閱讀後的模糊美感。

我現在看所謂的缺點，會覺得這才是老天給人的祝福，因為優點通常是普世均具的價值，缺點卻像是幽谷裡獨特的草木，獨獨只能在那處生長綻放，因此也無可替代。尤其，我特別覺得對創作者而言，天賦與努力雖可以幫助成長，真正讓人盛放的，卻是因為能善用自身獨特的缺點呢！

演講恐懼症

我其實一直有演講恐懼症，只是說起來旁人都不信。

大學同學一次聚餐，有人就指著我說：跟大學樣子改變最大的，就是你了吧！這句寵辱難辨的話，我猜想意思是：你不是一直很靦腆害羞的，怎麼現在卻變成四處趴趴走演講的人呢？我才憶起自己過往如何怯於上台，甚至要緊張冒汗的個性。

我多年前還擔任學校系所主管，同時要應付升等的壓力，特別去勤於回應各種邀約，我算過一年內曾經參與超過二百五十次的各種活動，包括各種校內外行政會議，以及各領域五花八門的演講或座談。

想來餘驚其實猶在，不僅佩服自己能花如此多時間，去做這些不怎麼營養的事情，更訝異居然把自己從阿宅的本性，變身成有些公眾人物的準架勢。但如果再仔細想，這樣近乎逆轉個性的改變，更早已經出現在我當建築師的階段，那時我意識到自己內向的反社交態度，必然會造成業務收入的困境，因而半強迫自己去扮演一個必須善於與公眾往來的人物。

事務所最後還是結束營業，但必須以外在世界需求為重的習性，卻牢牢深植在我的內裡，幾乎難以撼動改變。也就是說，會以為若不能成功討好這個世界，或是無法逆反自己的本性，就注定會淪為失敗一族。

這樣驚恐之餘，完全忘記我其實是一個有演講恐懼症的人了。

幸好，幾年前身體忽然出現問題，逼迫自己思考如果餘年光陰真的無多，這些永遠待辦的大小目標，究竟優先次序應當為何，也意識到自己在做很多沒太多意義的事情，包括我根本不擅長的演講與開會等。也就是說，我其實花了太多的力氣，在扮演著自以為別人期待的某種角色，並逐漸遠離自己真正的本相。

拜生病的啟示與藉口，我當下宣告對未來演講的大量婉辭，也讓自己忽然有鬆了一口氣的舒暢感。這並不是反對演講等相關活動，因為我很清楚其實好的演講，真是能讓人有如沐春風的感覺。

我現在活動其實還是不算少，但是在知己知彼的衡量下，會適量適時地選擇參與，對於壓力與自在的平衡拿捏，終於漸漸有些心得。而且，自從不再有非去不可的演講，那個纏身不去的演講恐懼症，也彷彿突然好了大半呢！

社交恐懼症

報導指出倫敦出現「寂靜理髮」的服務，就是讓顧客不用與理髮師談話互動，可以安靜不語的理髮過程。髮廊老闆表示現代人出現越來越多的精神健康問題，因此能夠按照自己的心意，去拒絕或表達所需非常重要。另外有一家髮廊則參考地鐵「安靜車廂」的構想，提供理髮的「安靜座椅」（quiet chair），讓想要安靜不受干擾的顧客，能夠得到期望的照應。

我過往的理髮經驗，確實視必須與友善的美髮師互動為畏途，很不想在那樣封閉的環境，大聲回答我個人的隱私問題，幸好頭髮日漸稀疏，改為自己在家剃頭，壓力確實頓減。此外，譬如越來越顯友善的牙醫診所，那些想要聊工作談家庭的醫師，也讓我有同樣的不安感受。

仔細想來，我這樣不喜也不能在陌生的公共場合，與他者自然互動的現象，人生其實並不止一端，可追索到我整個成長的個人經驗。若依上述髮廊經營者的說法，社會上確實存在著這樣的一群人，並不能融入群體的社交規範，因而只能自我壓抑與痛苦地去配合環境要求。

日本這幾年熱門的「繭居族」，指的是獨處家中不出門，拒絕社交或參與社會，甚至不跟家人交談互動的人。若是依照精神醫學的看法，這些現象可能都有些「社交焦慮症」的傾向，而且據研究有這樣症狀的人，可能占人口的8-18%，只是大部分的患者，對這個疾病都沒有概念，許多人也不曾接受任何治療。

我現在看自己的過往行事，其實很確定我就是有著這樣「社交焦慮症」的人，只是我一直以為自己只是害羞與膽怯，也以為必須練習與學習別人的舉止模樣，就是透過不斷自我修正的過程，來解決這樣其實很嚴重的問題。現在看各種資訊，才知道有時還必須藉助藥物治療與心理治療，才能幫助病者順利做好調整，而非自己可以修成正果的。

我現在還是有著「社交焦慮症」，但已經在某種程度的自我控制範圍裡，這可能是幸運地源於不斷的自我要求，與面對社會現實的自我適應。另外，可能更重要的關鍵，是我得以在現實世界裡，建立起安適與自在的空間，因此在面對外在環境時，能夠因為自信與安全，而不顯害怕與慌亂吧！

懶人病

最近有人見面時稱讚我是「真正勤奮」的人，讓我吃驚之餘，還有些羞愧。因為勤奮這兩個字，似乎從來就和我無關，我也沒有得過什麼「好學」或「勤學」之類的獎章，反而小學時的老師期末評語，寫的多半是「天資尚可，努力不足」，基本上就是一個介於升學與放牛之間的平凡小孩吧！

我確實對很多日常事情，都打不起什麼精神，譬如說打掃、煮菜或做作業，基本上就是單調而且重複性的事情，我都是嗤之以鼻地不想碰。母親很早就宣稱我對吃飯的興趣不高，這對於有六個小孩、吃飯像作戰的家庭，其實很不尋常。母親甚至戲謔地說，看來必須把食物串在我的脖子上，否則我一定會營養不良地餓死。

我也不負所望地又瘦又小，基本上三十歲之前，就是完全肢體不健、腦也不勤的狀態。有一個大學好友這樣描述我：「我們從大學一起念建築，總是很納悶你為什麼交圖前，已經早早把圖與模型做完，問你說為什麼房子形狀不做得複雜些，你答說模型太難做了，然後就逕自回坐在上鋪看小說、寫文章，我心想這是什麼態度啊？」

哈哈，也許是上升星座終於發威，我後半段的人生，居然是籠罩在「勤奮」、「認真不懈」這樣的名詞底下。自己回頭想想，其實我還是同樣那個懶惰也不愛家務雜事的人，所以為何別人對我的觀感忽然卻不同了呢？

我想最大的差別，是前半段人生的我，還是依循別人規範與期待的路徑生活，後半段時候的我，並沒有突然發奮圖強起來，只是逐漸懂得如何去做愛做的事情，不符本性不喜歡的事務，盡量都置之不理。

這說起來容易，但是我還看周遭的人，發覺要做個既懶惰又勤奮的人，就是可以懶就懶，當勤奮就勤奮，條理節奏分明，其實並沒有那麼簡單。這樣似乎有些暗自稱讚自己，但其實也非如此，就是忽然發覺人生可以不難，懶惰也可以理直氣壯，就是這麼一回事罷了。

我完全不會去譴責誰有懶人病，也不會胡亂稱讚懶惰者。因為能知道如何懶惰，可能才是真正懂得專注精神的人，更是有資格可以懶，又還能被稱讚「勤奮」的勝利者。

畢竟，窮忙本來就是無用也不健康的啊。

購物欲

我是一個生活儉省簡單的人，但是我確實有購物欲，只是現在隨著年紀大了，逐漸收斂起來，比較會理性地躑躅再三。

回想自己在青壯年時期，以為未來當然會一直來一直來，無須特意去擔憂，當下生命的光彩與經驗，才是最值得珍惜的事物，因此用揮霍的態度面對現實。當然這樣的習性，也跟我早年在美國上班的習性有關，那時幾個熟識的年輕同事，確實都以寅吃卯糧的態度過日子，對未來一點也沒有蓄意安排與考量。

購物欲在旅行時尤其明顯，一方面會被錯過就不再有的心態影響，也會想著要帶手信禮物給親友，加上旅行時的寂寞與不安，往往加速了這樣購物的衝動。因此錯買亂買不在少數，譬如第一次去歐洲，在馬德里買到一個木製的公事包，驚為天人立刻買下，後面的行程扛著一個沉重的木箱，苦不堪言不算什麼，回家發覺是台灣製造的外銷品時，才覺得自己的所做所為，真不知為什麼了呢。

當然購物的眼光與能力，也會隨著經驗精明起來，什麼該買什麼值得買，都不斷要考驗當機立斷的本事。曾經因為工作專業的需要，在還沒有網路購物的那個年代，我只要一去到洛杉磯，就會花半天去喜歡的一家建築書店，認真挑選我需要以及喜歡的建築藝術書籍。在那裡買書不只貨多品優，還可以請他們直接用郵寄回台灣，因為是寄到外地，可以省下來的州稅，正好抵掉郵寄的費用。

有一次自己居然寫錯了地址，半年後碰巧再回去那書店，隨口問起這件事情，立刻從後面拿出來整包還未拆封的書，令我驚訝感動不已。當然，其他犯錯未必總是這樣好運，有趟在紐約狠心買了一雙高價的皮鞋，旅程轉到布拉格時，夜裡在飯店得意自己試穿，隔晨起床匆匆趕路，竟然忘了那雙床底的鞋，現在想來還覺得心痛。

我現在出門旅行，幾乎都只帶手提行李，雖然購物還是必要的，但已經懂得自我拿捏，不太會被欲望全然掌控。甚至逐漸懂得所謂的購物，其實本質更在於欣賞與學習，不必非要帶回家的「無有」哲學了。

也許購物於我，一直晃蕩在實用／精緻與現實／想像間，那看似必然矛盾的欲望平衡點之間吧。

溫泉男體圖

我喜歡泡溫泉，卻難得真的上山入湯。懶惰自然是原因，另外則是如果無伴同去，興致會低落一些，因為在大眾池裡泡湯，一個人畢竟瑣碎無聊，無同伴可攀談閒聊，熱水池也不能待得太久，不免覺得寡然無趣。

後來，發覺泡湯的樂趣，未必盡在溫泉熱水，反而通體發熱舒暢之餘，抬頭看看藍天青山綠樹，再四顧穿梭來去的各型身體，環肥燕瘦盡在眼前，品賞打量之餘，另有一種微妙的繽紛忙碌感受。

畢竟，被陌生人環圍的現代人生活，如何懂得判別身邊來去的人，絕對是一種有休閒趣味的生存術。也就是說，由於無暇好好了解別人，經常必須在短時間內，判斷出對方的來歷與善惡，因此要學習一套經由觀人以觀心的能力，作為可守可攻的必要生存位置。

穿著與外表當然是首要看點，言談舉止其次，厲害者還可以依著氣質的雅俗，做出更深一層的透視解析。而在溫泉泡湯的大眾池裡，所有可用來標誌自己身分品味的飾品衣物，完全被剝除乾淨，瞬間都成了坦誠相見的同價肉體，沒有可見的階級身分高下，同處有些原形畢露的平等狀態。

因此，身體的年紀、美醜與形態，就成了觀看的主要依賴處。有時這樣看著眼前赤裸裸的眾體百態，我不免覺得人類的荒謬難解，因為在這樣露天的牆內，所有人都覺得這樣彼此袒胸露乳，是合情合理的事情，但是一出這個圍牆之外，任一人再同樣以這般肉身現出，應該立刻會被人報警捉走，並被冠上猥褻無恥等不道德者的名號。

觀看脫除了社會符號的男體，因此特別饒富樂趣，有些像回到生物界的狀態，會吸睛獲得羨慕注視的，自然是年輕健壯或優美勻稱的身體，衰老與殘缺的身體自動讓位，達爾文物競天擇的演化論，以另一種直白的面貌，在這裡演繹現形。

如果撇開社會價值的枷鎖，直接去觀看各種年紀的身體，本身也夠琳瑯滿目，可以直觀活生生的身體老化演變，以及自信與自在之間的顯隱辯證。我想人所以會成為唯一堅持要以衣物來覆蓋裝飾身體的生物，對美的追求只是其一，應該更是想藉由社會身體來對抗自然身體吧。

無論如何，自從發覺泡溫泉可以看賞身體，並閉目胡思亂想一番後，我再也不覺得泡湯無聊了。

感冒記

我一直不覺得感冒算是病，也就是說根本不需要特別去看病，也不可能因此請假休息。為何有如此看法，想來也和自己的人生背景有關聯，我父親一直是在醫衛系統工作的公務員，最後還是在公立醫院正式退休，每日身邊出入來往的人，都是與醫療看護相關的人，自然深深篤信西式醫療系統的功能效用。

有趣的是，我母親卻是一位深信中醫調養觀念的人，她並不排斥西醫的效能，但除非萬不得已，她寧可選擇在家調養，以及去中藥行抓藥來吃，也因此練就了一套養生兼醫療的運作觀念。

基本上，母親並不認為感冒是病，只是體虛受寒而已，調養一下就可以回來，所以我幾乎從來不為感冒看病，就是以喝中藥食補來應對。後來因為居住美國幾年，看朋友同事多半不把感冒當病，嚴重時頂多就吃些成藥，很少有聽說一感冒就去就醫的狀態，這也許與美國就醫的昂貴與不易有關，但也是他們認為感冒是人體可以自己抗衡的症狀，還不需要就醫的觀念有關。

我後來回台灣長年生活，一直堅持這樣的態度，幾乎沒有為了感冒而去就醫，有時就緩下來生活節奏，頂多斷食喝水睡覺來應付，也大半都平安度過。但是，這幾年卻發覺狀況不大相同，不知道是不是因為流感的病毒越發猛烈猖獗，已非我身體的免疫系統可以對抗，還是自己年歲關係，一旦遭到流感來襲時，身體崩垮癱瘓的嚴重狀態，往往讓我驚出一身冷汗來。

於是，會乖乖地去就醫吃藥，不敢再逞強地想要自我療癒。老實說，我並不喜歡這樣的狀態，我其實更懷念母親那樣與病共生的態度，也就是並沒有那樣視病如仇，而是一種認為可以與之參商的和解過程，不是你死我活的對決，而是彼消此長的尋求平衡。

但是，人類想滅絕病毒的旺盛氣焰，恰恰養出來同樣凶猛的超級病毒，讓我這種以為可以和平協商的人，經過幾次慘烈的折磨後，也找不到從中立足的空間，而必須選邊投誠了。尤其，今年的流感大軍即將到臨，我已經打定主意要去接種生平第一次的流感疫苗，看來只能和母親那令人懷念的養生療病模式，正式含淚說再見了！

買保險

我大約是將近五十歲時，才自費買了人生第一個保險。因為還弄不清楚來龍去脈，去問了身邊的朋友，得到的答案卻是：「什麼！你真的是第一次買保險？」語氣彷彿我是什麼不食人間煙火的遠古化石，竟然年近半百還沒有買過保險。

這讓我也有些反思，究竟為何會如此不識人間實務？首先，確實沒有人對我推銷過保險，原因為何我也不明，有可能是在買保險的精華時段（剛出社會工作到成家立業），我幾乎都在美國生活工作，就莫名其妙地脫離了某一批集體意識的熱潮。

另外，我的個性與生命原則，一直也有些看不起這樣尋求他者保障的態度，有些鐵齒地認為好漢做事好漢來當，江湖雖大照樣兵來將擋，沒什麼好擔憂害怕的。但是，這不表示我一路順遂健康，無求於外在機制的協助幫襯，反而我其實早年身體顛簸多事，財務生涯也起起落落，完全是一個需要保險來庇護的標準普通級人種。

當初忽然看到桌上一張名片，就打電話買下了第一個保險，真正引發的動機，還是先想到儲蓄養老的念頭。當然，也開始擔心自己的身體，哪一天有如不定時炸彈般，會不會突發出現什麼意外的「驚喜」，讓我到時受寵若驚地應接不暇。

之後，逐漸發現身邊來往的老少朋友，其實都已經有幾個保險護身，也注意到周遭以拉保險為生的人，其實並不算少。這讓我有些驚訝，因為我與父母家人一起成長的過程裡，似乎從來沒有意識到保險的必要與存在，也不明白別人居然有這些規畫安排。

我現在總算給自己搭配了幾個保險，也能侃侃而談地分析保險與通貨膨脹間的利弊關係，甚至比較用美金買儲蓄險的得失如何，真的有些久病成良醫的滋味。基本上，我還是個把人生來去看得很淡的人，但是我現在更加意識到要安排好自己老年景況的必要，尤其是生活的基本開支與老病時的照料，一定要有妥善的安排，免得要麻煩或連累他人。

的確，買保險聽起來有些瑣碎囉唆，但也可能是維持一個人自我尊嚴的基本底線所在，更是老年時自立自助的必要保障。

開刀記

剛去醫院做了一個需要全身麻醉的癌症切片手術，這已經是四年內的第三次同樣的手術。朋友看我似乎大浪不驚，好奇地問我說：「你怎麼都不會害怕呢？」我說雖然檢驗的結果，如前兩次般完全順利過關，但要說不緊張不害怕，應該是自欺欺人的說法吧！

但是究竟在緊張些什麼呢？於我，首先當然就是對於檢驗結果的擔憂猜測，因為就算是神經再大條，也不免會往最壞的可能去揣測，而且由此連貫下來的，就會想到其他牽扯事情的接續安排，立刻發覺似乎所有事情，當初都沒準備好，所有應做的事情，也顯得忽然要來不及做了。

但是，我有時確實有著生之由之的任性態度，對於錯失的機會與那些來不及完成的未來，一橫眼一咬牙地狠下心志，倒是也可以浮雲流水般地忘卻去。另外讓我避之不去的緊張壓力，反而是面對手術的麻醉過程，自己會忽然想像著這樣被麻醉下去，會不會就從此不再醒過來了呢？

我手術開刀的經驗不算多，麻醉的次數反而多一些，那種忽然完全失去意識，有如脱離一切的空白感覺，每次在我緩緩甦醒過來時，就覺得特別的清楚可怕。也就是發覺自己竟然有這麼一段長時間的空白，並且絲毫無法追憶起任何點滴，完全不像夜裡入睡，還有夢境情節與半醒的潛意識，讓自己覺得依舊與世間連結著。

朋友聽説我害怕麻醉甚於檢驗結果，覺得荒謬難以置信。我自己再細細去想，也覺得似乎不合常理。但是在某個程度上，檢驗的結果就算再糟再絕望，都還是可以理性清楚地去面對思考，反而因為麻醉所出現的問題，會讓人全然措手不及，連反應與安排的機會都沒有呢。

我的父親退休後接受熟識醫師的建議，去做了一個無關痛癢的心臟小手術，醫師説法是這幾乎沒有風險，不如趁著身體精神都良好的時候，就一次開刀解決了吧。沒想到麻醉後進入手術房，父親就沒有再醒著出來，自然也完全沒有機會與我們説話或告別。

我想我真正擔心的，其實是這樣的突然與匆促，而不是人人早晚都要面對的那個生死離別。因為生命的分離是如此自然不可免，莊重的告別就特別彌足珍貴了。

一個人老去

高齡化的社會來臨，如何老去自然成了不可迴避的議題。尤其社會結構迅速轉換，早期是以土地或家族為核心的三代同堂家庭結構，因此人人皆能老有所終、幼有所養的理想狀態，在現今必須各自游牧的生活模式下，基本上是很難再讓人繼續依賴與相信下去。

退休後選擇自己（或與伴侶）生活的老人，在各樣主客觀的條件下，都必然會逐漸成為社會常態。若是懂得安排生活節奏，加上現代人的健康與壽命，其實都是史上最優的表現，要是也能金錢無虞，選擇自己作為生活的主體中心，未必不是一種生命終老的美好模式。

會最令人擔心的，自然還是身體的慢性疾病，以及突發事故的應變，這不僅要讓當事人無力應付，其實連家人親屬也往往難以招架。因此，不管是由政府或民間主導、以社區為主體的老人生活支持系統，配合原本家庭的協助互補，有如健保系統的普及完整，就更顯現出不可替代的重要。

也就是說，老人還是在原本最熟悉的生活環境裡繼續生活，除非是個人因素與自我的選擇，不當就以將老人集中管理的效率思維，作為解決老人餘生的必然答案。因為老人能在自己熟悉的社會環境下，以生命主體與鄰里共同生活，繼續維持適切的社群與家庭活動，可能才是最健康的生活模式。

基本上，不需要將老人看成無用的累贅，接受老人是社會有能力付出貢獻的族群，審慎思考如何將這股「老人力」，納入到社會運作的大系統，製造可能雙贏的結果。當然，前提是完善社區支撐系統的建立，讓需要得到幫助的老人，能夠迅速得到積極的照顧，不會有擔心無人看顧的隱憂。

一個人如何慢慢老去，恰恰有如一個人如何獨自生活，是時代大環境驅使下的必然現象，個人如何積極也樂觀地面對這樣的事實，可能是時代交付給所有人的挑戰。尤其，老人的餘生安排，更是一項對政府、民間與個人，全面性的重大命題與檢驗，也是人人皆將遭逢的處境。

老人需要的不只是看護，更是基本的愛與尊嚴，尤其在一生的辛勞付出後，能否有一個充滿愛與尊嚴的環境，可依照自我的節奏生活起居，是一個社會是否健康幸福的檢視點。

歸零死

死亡從來就是一個巨大的謎語，不只宗教經常以此立論，小孩也自然地就會觀察到這個有如禁忌般事實的存在。長久來的華人文化，雖然會隆重地看待葬禮儀式，但其實並不太願意真正去面對如何死亡這件事情。

然而，拜理性思維教育的普及，死亡的謎團與禁忌，似乎已經不再難以碰觸，因此如何離世與安葬，也有了不同觀點的出現。有數據說，在台灣大約需要超過三十萬現金來辦理一場葬禮，而台北市政府統計，民國一〇三年起參加環保葬的人數漸增，其中以樹葬的選擇最多，風氣明顯正在轉變。

由於父母皆是外省人，他們與祖母三人陸續去世後，成了我僅有的家人墓地。事實上，我還親自設計了這個一起安葬三人骨灰、全由灰色岩片鋪成的簡潔墓地，然而每次掃墓去到現場時，不免納悶即令這樣容易照顧的墓地，究竟可以被這樣繼續照顧流傳下去多久？

是的，我並不相信墓地的長久性，尤其在這樣游牧的現代社會，想要如農業社會那樣有落葉歸根的長久想法，現實裡的難度恐怕很高。也因此，歸零死的觀念與邏輯，也就是放棄擁有一個私己的永久性墓地，讓骨灰與土地相伴的樹葬，或散入波濤裡的海葬，必然會越來越被現代社會接受。

尤其現代人平均壽命拉長，與家族及社會的聯繫，也在這過程中被迫拉遠，死亡對他者的衝擊降低很多，葬禮與墓地的重要性，因此同樣受到影響。另外，伴隨高齡而來的醫藥費、照護費，也同步急遽增加，這樣生前的各樣支出，也排擠了死後的花費預算，讓自然葬更被接受。

據說，日本時興所謂的「零葬」，就是家屬將火化的骨灰，直接交給火葬場處理，並不安排葬禮或骨灰歸處。這樣對待死者軀體的觀念，事實上又更極致化，恐怕會進一步挑戰社會的接受度，尤其對於那些相信死者的靈魂，其實仍與骨灰相聯繫的人，這個鴻溝可能仍待跨越。

台灣社會近年也在討論安樂死的議題，兩造說法分歧依舊很大，甚至引發的爭論歧見，還要超過死後的安葬選擇。想來也不意外，人走了都很難處理，依舊活著的時候，哪裡會更簡單。不知道孔子所說：「未知生、焉知死」，是不是就是預見現代人的尷尬處境呢？

父親與槍

父親是一個溫和的人，生養了我們六個子女，卻一輩子從來沒見他打罵過任何一人。但是，我從小就知道父親有一把空氣槍，現在想來其實有些難解不明，因為他並不喜歡任何與肢體運動相關的事情，也不熱衷競爭殺獵的舉動，卻不知從哪裡買回來一把有著漂亮卡機布護套的長槍，只是他並不以此炫耀示人。

上小學不久後，父親會在假日帶哥哥與我出門，去到他辦公室的空曠後院，練習用這把空氣槍射擊。這把長槍對我而言，實在太過巨大沉重，平舉起來已經十分困難，更無力用手去扳折填放鉛彈，所以多半的時間，是看著父親指導哥哥做練習，我則偶爾穿插玩耍一下。

記憶中我不曾真正喜歡這件事情，但是卻可以感覺這樣出門所具有的神奇與奮感受，因此也樂此不疲的次次隨行。哥哥似乎興趣比我大，從試著射擊樹上屋頂的麻雀，到後來剛搬到民生社區，在早期一片荒蕪工地的環境裡，出入後巷獵殺肥碩的老鼠，幾乎成了他空閒時的玩耍工具。

但是，後來課業升學壓力變大，鉛彈也難於買到，而最關鍵的是，管區警員竟然屢屢上門檢視，說是列管槍枝查驗的必要程序，母親最後覺得厭煩也囉唆，就乾脆叫警察帶走不要了。我對此過程毫無感覺，當兵受訓時的打靶成績，完全沒有因這樣的童年經驗，因此顯現出特別的耀眼出色，反而更確認自己對於這樣瞄準靶位、以及扣扳機去射擊他物的厭惡感受。因為，此時的我已經很清楚這樣的動作，其實指涉到另一個生命的存亡，早已經不只是我幼年時單純以為的遊戲玩耍了。

最近見到國外新聞有人持槍無差別地漫殺人群，讓我又忽然想起自己童年時與槍的因緣。我依舊不能完全明白父親當時所以要我練習射擊的真正原因何在，但是我很確定知道，若他此時也見到這樣的殺戮新聞，必然會非常難過、不解與震驚的心情。

我猜想父親從來沒有把槍與殺人這兩件事情，放在一起做聯想，因為他認為真正會殺人的並非是武器，而是決定扣動扳機的那個意識與動機。所以會讓父親震撼難解的，應該不是武器如何的精進厲害，也不是如何去列管控制，而是人性自身的墮落與毀壞吧！

插花與盆栽

母親是個對生命充滿熱情的人，在我們六個小孩都長大以後，一日晚餐她宣布要開始安排自己的學習計畫，果然就報名鄰近小學的游泳班，並且請了對街公寓的大學生當吉他家教，開始她繽紛向學的後段人生。

其實，早在小時候住屏東潮州時，我就眼見母親去參加一個日籍婦人的插花班，學習如何把漂亮紛雜的花葉，安置在針山與花器裡，顯現出婀娜多姿的獨特模樣。一個外省女性卻著迷於日式插花，現在想來確實有些離奇，但母親不管生活勞碌或經濟窘困，一世都堅持在屋裡插花的習性，以及她日日修剪整理時，臉上流露出來祥和的喜悅神情，是到現在我依舊深深懷念的記憶。

我年紀越長也越喜歡花草植物，去市場會隨手買把當季的花，但是可能受到居住美國幾年的影響，大半會用單一花材置放入高瓶，與母親擅長的日系插花，風格與氣

我的陽台上有花園與盆栽

息大不相同。這也顯現在我盆栽的種植習性，我喜歡種植一叢叢的草花，並讓它們群聚出花團錦簇的繁茂感，與記憶中母親所熱愛種植的玫瑰花，在陽台花架上一株株的分植，並單獨料理的細膩心情明顯不同。

我覺得自己似乎是在布置屋子的視覺氛圍，想藉由一盆盆盛放的花，或團團圍繞的綠色植栽，來營造某種愉悅自在的氣氛；母親卻是透過在照料盆栽或插花的細節，用意並不在於立刻奪人耳目，更是在經營屬於自己的一個小宇宙。

與其說插花與盆栽，只是純然視覺的美學展現，母親毋寧是在其中尋找一種靜謐的對話性，以及物我合一的共體感受。因為得以親身觀看母親與植物的關係，讓我似乎懂得東方園林與西式花園的差異，相對於花園的追求以人工安排來重返大自然，園林其實更用心於人與花草間，一枝一葉間日日觀看修裁所建立的私己親密感受。

更簡單地說，一個是透過對自然的現實擬真，來尋求人與自然的集體連結，一個則是意圖將自然景象轉成個人化，以抽象、擬人與單一化的步驟，使自然物件成為個體內在心像的展現。

我現在也漸漸喜歡單一的盆栽，尤其在照料的過程裡，試著去感受什麼神祕話語的交流，因此更懂得那時母親的微笑心情。

鄰居

小時候住潮州父親工作單位的宿舍，鄰居間根本是門戶半開放的狀態，尤其小孩鑽進鑽出如入無人之境，早沒有邊界圍牆的概念。儘管不免偶有兩家忽然失和對罵的場面，但是遠親不如近鄰的關係，在這過程得到最佳的體驗證明。

後來舉家搬到台北，讓我震撼不習慣的許多事情裡，鄰居的相敬如賓／冰，就絕對是其中之一。最早遷住的金山街和永和竹林路，都是小巷弄裡的獨門獨院屋宅，前者住了一年，一個鄰家小孩都沒能認識，後者小孩會一起在弄子玩耍，但一回家就各自閉門了。

最後落定在民生社區的富錦街，那時我剛上國中，已經熟悉鄰里關係的親與不親奧妙，也逐漸明白讓鄰居可以隨時登門踏戶，其實萬萬不是件好事的道理。多年之後，我買公寓獨居東湖，也謹守著除非不得已，否則與鄰居只在電梯點頭微笑的原則。

遠親不如近鄰的過往美好，所以會淪落到這樣，也不是沒有原因。現代人的生活差異巨大，彼此溝通與認同本就困難，而所有緊急風險的事故，也都有各自層層的應變機制，從大樓管理員到打電話求救與保險的各種救援機制，幾乎都直接跳過鄰居這個現實。

更可怕的，鄰居的必要與好處逐漸淪喪，壞處與麻煩反而避之不去。就譬如我與此刻的鄰居，共享走廊外的一座小花台，過往她屋子出租，我就全權照料起這個小花台，後來她搬住進來，一日竟然把花台半邊的花草，全部清拔乾淨寸草不留。

雖然覺得心痛，但我想或許她另有對花草的品味，也不能多置一語。不料後來發覺，原來她寧可讓花台土地乾涸，也不許一花一草出現。我每天出入看著花台被切成對半，一邊綠意融融、一邊荒土乾裂，不僅十分難受，甚至有些不能平衡。有時，我還是會試著偷偷去澆水、順便栽植一些小花草進去，但沒兩日就又不見蹤跡去。

我終於明白對於該不該有綠意，我與鄰居的認知完全不同，更不要提說選舉投誰宗教信仰這些複雜的事情了。曾經被社會譴責的各掃門前雪，可能已經是現在的日常狀態，甚至連門前的大小事，也早已是大樓管理員的工作，我們只要關好窗閉好門打開空調，人生就算是完成了。

老韓

我升五年級時，由屏東潮州搬到台北市。父親費心安排我們住入安靜幽雅的金山街，那是有圍牆獨門獨戶的日式住宅，父親並請了一輛三輪車接送我和弟妹上下學，駕車的是中年黑瘦的外省男人老韓。

老韓幾乎不說話，我對他的記憶卻大半與聲音相關。譬如他濃重難懂的鄉音，早晨在屋外等候時，催促我們快上車的吆喝聲，放學時校門口數十輛排列的三輪車堆裡，忽然聽見他高聲喚叫的招呼，以及一旦上車就努力踩踏著車子，發出喀搭喀搭的重複響聲。

同樣方向返家的三輪車，彼此後來都熟悉了，有頑皮的孩童會大聲吆喝著自家的車伕，相互比賽飆車競速，老韓從來不為所動，就只是依著自己的節奏，扎實載我們回家。下雨的日子，老韓會罩下厚重的帆布，我們就在幽暗的空間，以及濃重難聞的

老韓是一個時代的背景剪影，有如荒地裡的野火兀自生滅。

帆布氣味裡，安靜聆聽著外面的落雨聲，隔著帆布罩揣想外面的各樣聲響與世界。

隔一年，我們對城市環境逐漸熟習，就改搭公車上下學。偶爾還是會在街角等候客人的三輪車堆裡，見到工作中的老韓，他依舊沉默如常，就抬頭看著我們、點點頭示意而過。我不免會揣想他的人生與家庭，究竟是怎樣的面貌，譬如是否也像其他顯得弱勢的一些外省男人一樣，有打仗逃難的曲折生命歷史，並且娶了同樣某個弱勢族群者為妻，然而老韓對於自己這一切完全寂靜，我們對他也一無所悉。

老韓是一個幾乎沒有聲音的人，卻不時會從我的記憶深處，莫名地跳響出來。他像是一個時代的背景剪影，從來沒有機會說什麼話，有如荒地裡的野火兀自生滅。我偶爾想到他，浮現的就是他在我們目光前精瘦結實的身軀，專注地奮力踏踩著三輪車，以及總是顯得黝黑無語的表情。

計程車隨後迅速出現街頭，也立即汰換了三輪車，我們搬到隔著河流的永和，自然更沒有機會在街上見到老韓。我不知道他是否有機會學會開車，並順利搭上這樣時代流轉更替的浪潮，或者他反而因此被迫放棄生計，默默轉回家賣起饅頭什麼的了。

我有時會想起這樣一個人，只記得他叫老韓，從來不知道他的全名是什麼。

司機大哥

我平日並不常坐計程車，因為上下班是自行開車往返於台北中壢，在台北市區的出入活動，我幾乎都是以捷運和公車代步，唯一會選擇搭計程車的機會，通常是夜裡外出的宴飲之後，或是因為當時太倦累、或是時間太遲晚，就會選擇跳上計程車直奔家門。

這時酒酣耳熱，身心舒緩通暢，窗外的街景市容，因為夜色的關係，就顯得格外朦朧美麗，我會自然地和司機大哥開始聊天起來。大約都是先問司機大哥：固定開夜班嗎？開車共幾年了？收入可以嗎？喜歡這行業嗎？答案其實相差並不大，大約就是收入勉強夠活，但是喜歡自由不受人拘束。然後，就會隨著時下的議題，開始相互的聊天對話。

我往往驚訝於司機大哥的坦白直率，以及觀察事情的全面入裡。譬如在大約二個月前，因為趕場參加一個活動，我從高雄搭計程車到屏東，聽一位五十四年次台南鹽田人的司機（他在金門當完兵後，試圖在台北討生活卻不順利，包括無法說標準國語被訕笑，最後落腳高雄一世開計程車），說那時代他雖然工作辛苦，卻對未來有信心，並感嘆現在收入與物價的不成比例，包括他大學畢業的女兒，一直無法在高雄找到工作，而且正問他可否讓她去台中試試機會，他卻完全無法鼓勵或表示阻擋。

最令我驚訝的，是他分析各樣事理時的清晰客觀，甚至透過從對近期客人的觀察，預告對選舉結果的看法，包括對哪位市長必然會當選的預測。我當下其實並不完全相信這猜測，然而現在再印證結果，卻不能不驚訝這位司機，能清楚看見與自己政治態度不同的事實。

我一般並不想觸及政治議題，反而喜歡問生活日常與家庭狀態，他們一般也侃侃而談毫不掩飾，包括有些人的婚姻不合小孩不長進等等，讓我經常已經到家，還要聽到全部故事結束，才要甘心下車。

說真的，計程車司機因為在日常社會裡不斷移走，接觸的人事物多樣也真實，使他們能夠掌握到某種底層的脈動，也培育因為見多識廣而無所謂的開闊胸襟，聊起天來特別生動有感，完全能彌補像我這樣容易就淪陷在同溫層裡，因而視野局限者的缺憾不足呢。

微笑的人

朋友瀏覽我的臉書，對我認真發表的各種言論居然沒有反應，反而只是說：「你照片的臉太嚴肅了，要多微笑一點啊。」

聽他這樣一說，我認真回想著自己的臉部表情，真的發覺我從小拍照就不愛微笑，特別是對著鏡頭的時候。原因究竟為何，是不是有什麼心理情結，我並不清楚也不在乎，倒是看父親當年認真為家人照相做生命紀錄，我竟如此的不捧場，而感覺些許歉意。

現在拍照的機會更多，也會碰上專業甚至知名的攝影家，若是見我依舊表情僵硬，有時也會委婉暗示我放輕鬆一些。這樣的建議卻也讓我思考起來：是不是我就是一個過度嚴肅認真的人呢？於是，特別留意起身邊往來的人，發覺有些人真的是有著彷彿天生微笑的臉。

這並不是指那些想和氣生財的刻意商場作為，而是在面對日日繁雜生活時，依舊自然而然地能寬鬆出善意表情。這看似容易不困難，但是只要看新聞媒體裡的政治人物臉孔，大半是橫眉怒目或者殺氣騰騰，似乎與世間有不共戴天的仇恨，若是再加上日日必須面對的人間勞苦憂患，就明白要時時自在地面露微笑，其實也不是那麼簡單的事情。

但是認真想來，能顯現凶怒相貌的生物，比比皆是並不在少數，但是可以如人類一樣面露笑容的，卻反而希罕少見。也就是說，人類能夠如此微笑的表情，應是回應社群關係的複雜發展，而必須發展出來的進化機制，是用來化解與平衡什麼暴戾狀態的吧。

有時我看歲末年初，各行業都會評選十大什麼頭銜的，就異想天開地想著我熟悉的幾個行業，為何不輕鬆一點，就選個「最佳微笑的大學教授」、「最佳微笑的作家」、「最佳微笑的建築師」呢？

但是求人不如克己，我得先看自己能不能開始多微笑，放棄擺酷裝帥的冷漠模樣。至於該如何笑、要露幾分笑，我也許只能在大佛的「世事不可說」微笑，或耶穌承擔眾人苦難的微笑，以及蒙娜麗莎神祕的微笑間，暗自揣摩斟酌吧。

正是因為人生本難，所以微笑更不容易，能夠時時微笑的人，終究是朵宜人的花，就算不能真正濟世解急，畢竟有益心寬人和，甚且還能幫助萬事興，我因此特別珍惜與佩服微笑的人呢。

巷口的兩家店

我在台北東湖居住了二十年，剛來時還很偏僻，店面商家都不多。我的巷子是U字形，兩個巷子口各開了一家雜貨店與洗衣店，雜貨店是對年輕夫妻經營，連個招牌也沒有，但是看起來十分踏實也兢兢業業，洗衣店則是兩位中年的兄弟，沉默友善地經營著店面。

我自然慶幸巷口就有可應付生活雜物的商店，也秉持必須支持在地小店的觀念，盡量去和他們打交道。我不喜歡多問個人隱私，但間接感覺到這兩家商店，其實是這裡原本農田家族裡的人，在土地被改建成公寓後，選擇開了生活必需的小店，來確保餘生的生計。

隨著居民不斷陸續移入，以及越開越多的商店，我也觀察到他們經營的困境漸起。首先是雜貨店的斜對面，開起一間便利商店，不管在外觀、內容與服務時間上，都立刻壓倒這間依舊以傳統模式經營的雜貨店。

我還是盡量去雜貨店購物，但明顯感覺到生意的滑落，讓我幾乎不忍去直視這對夫妻擔憂的面容。果然，沒多久店門就悄悄地關起來，之後店面不斷轉租給不同的商家，我也很久沒有再見到這對小夫妻出現，不免會憂心他們的生活是否無恙。

另外一家洗衣店，一直持續經營到現在。但是，兩年前在另一邊的巷子口，開了一家可代收送洗、也有全天自助洗衣設備的店家。我雖然還是送洗到老洗衣店，但是新店可以洗鞋，所以我也偶爾會去光顧，感覺到新店的電腦管理與專業效率，都遠遠強過老店，也會用手機通知取衣服等訊息。

這同時，老洗衣店居然裝了十分老舊的電腦，但功能僅止於登記送洗紀錄，取代之前幾乎直接記得每個人洗衣狀態的模式；甚至開始送衣的服務，就是會忽然來電話，如果你正好在家，老態已露兄弟中的一人，就會騎著摩托車，把衣服送到家門口。

我明顯感覺到兩兄弟想奮力一搏的企圖，但其實擔心著這樣勝敗必然已定。有時走過這家洗衣店，看洗衣滾筒轟隆隆地轉著，兩兄弟忙著一旁燙襯衫褲子，神態專注也認真，熱氣連過路者都感覺得到，心裡不免憂心又起。

我想著三十年前的這兩家人，眼見土地從成長所最為熟悉的稻田，變成截然不同的都市景貌時，他們應該都意識到必然要面對的生存新挑戰，也各自選擇了覺得可靠的行業，以為只要像他們父輩一樣認真努力，人生自然不會有問題。

可是，世界已經不是那樣運作，金錢並不依靠勞動積累，能夠見勢轉向的人，比執著死守的人，要更有競爭的機會。我完全不知道能對他們說什麼，也不知道要對這世界說什麼，因為他們也只是無數這樣消失去的小店家，其中完全無人記得的兩家罷了！

與弟弟的前妻喝酒

在臉書貼了一張照片，說明的文字寫著：「與弟弟的前妻喝酒」，沒想到引發熱烈按讚數，讓我不免詫異地思量：是不是我拍照技術變好了，或是影中人物的顏值破表，否則為何引來這麼多人的回應？

直到看見留言裡有人稱讚說：「這個人生境界令人佩服」，我才明白貼文可能產生吸睛效果的關鍵，應該不是攝影美技、更不是顏值優劣，而是能公開宣稱與「弟弟的前妻」喝酒同歡的事實，讓人產生出錯愕驚異的感受吧！

弟弟離婚超過十年（沒有小孩），雙方雖然不再往來，但也保持彬彬距離，包括遠離對方的親屬朋友，如今各自也有著下一階段人生的安排。這樣平和友好的分手關係，其實已算優質的結果，但是在意圖良善安排的倫理潛規則裡，其實暗示一旦兩造決議分手，其他人就得涇渭分明的選邊落定，不要白目地自以為親情友誼一切如常。

也就是說，儘管由於當年姻親的關係，我已經認識「弟弟的前妻」，超過了二十餘年，一旦他們夫妻分手，我還是應當要依照倫理或道德的暗示，立刻疏遠比較不親近的一方，甚至做出割袍斷義般的宣示舉動，表達自己對家族與道義的絕對效忠。

這樣旗幟鮮明的潛規範，想來在我人生的成長過程一直不缺，幼稚園小學起就不斷被要求選邊來往，否則被同輩撻伐排擠的經驗，應該人人都嘗過，一直到年紀已然老大，進入既是無情也無心肝的社會大舞台，這樣結盟表態的老舊戲碼，其實還是日日上演，也絕不冷場，甚至資本社會的競爭本質，更尤其彰顯錙銖必爭的伐異黨同特質了呢！

也許，人類是深深依賴群體關係的生物，如何鞏固群體的團結與效忠，可能比去探究一件事情的合理與否，更為急切與重要。這種帶著些許關乎背叛或效忠的檢視，落到我這樣有些目盲耳昏、頭腦遲鈍的人身上，真還是件麻煩卻難於避免的事呢！

幸好，我弟弟與「弟弟的前妻」，都深深理解我這樣無視潛規則何在的魯鈍，依舊可以各自與我相約喝酒聊天，也很有默契地讓這關係可以平行前進，儘管旁人看得心驚膽跳，還是沒有堅持要我選邊選人或是宣示效忠呢！

里居有溪

我居住在台北市邊緣的東湖二十年，從屋子望出去，四向都有綠色山林風景。我雖喜歡綠色植栽，卻有些懼怕親身入林，尤其對於樹林陰鬱的神祕，以及出沒的生物蟲仔，都還是有些敬而遠之的態度。

加以，我本來對這鄰里環境全然陌生，出去多是直接去到更繁華的市中心，回家則大半藏居閉門惜步，與綠色山林維持著不遠不近的彬彬關係。即令閱讀到日本鄉村自古具有的「里山」傳統，十分羨慕人與自然間能夠如此和諧的相敬相惜，自己卻也還是選擇只是眼觀山色，並不想真正涉足的奇怪距離。

前陣子，意外地發現居家附近的小溪，居然整治成了生態有機的散步環境，不但可以沿著溪流上下游走著，所有的步道、花木與亭台，也都用心地安排處理，朝夕都可以看到人行來去。此外，最令人歡喜的還是溪水的乾淨清晰，可以看見溪底的游魚

居家附近的小溪，整治得乾淨清晰，溪底的游魚穿梭。

矯健穿梭，會有人執釣竿耐心垂釣，野鳥自在地起落出入，生機一片盎然。我回想這條完全不大的溪流，自我搬住以來，已經幾次隨著颱風暴漲出來，甚至淹過半個樓層的高度，造成鄰里的不安擔憂。後來，據說成功地在源頭做了防洪分流的工作，溪水就不曾再度冒犯進入一樓的住家。然而，這樣有些慘痛的記憶，好像依舊鮮明如昨，對照眼前的一切風景，卻平靜地讓人跡痕難尋。

人與自然的關係，真的就是猶如人與人的相處，可以朝夕變化也愛恨難分，端看是否彼此能夠互敬互愛。尤其，人居本與水流密不可分，譬如用來形容社會領域的「江湖」，其實暗示著在一江一湖之間，就可以自有一個天地範圍。

我現在走路出去吃飯買物，回程常會故意繞入溪流散步，看看青綠的草樹，以及穿梭起落的魚鳥，尤其經過中段時，有一處小湖泊，幾隻大白鴨住居在湖心的小島，悠閒愜意地梳理著羽毛，完全不理會我這樣行人的存在。

我有時不免覺得這條活生生的小溪，就是我們鄰里共有的「里溪」，是我們與大自然得以時時相遇的環境，也是用來學習如何舉案齊眉、藉以懂得尊重共生的處所。於是，更不免心懷感謝，能夠這樣里居有溪地過日子。

散步路徑二　城愁

向鄉村學習

大姊決定從久居的民生社區，搬到台東的一個小村子，讓大家都吃了一驚。我半是佩服半是好奇，也隨著過去住了一夜，感受一下住鄉下究竟是什麼滋味。

年近七十的大姊，會做出這樣的決定，固然與想要為他人服務的宗教信仰有關，另外，我也覺得她與姊夫有些意識到，似乎理想的所謂城市居，也未必盡如人意，而想嘗試一下鄉村居的全新可能。

這樣在城市與鄉村間，做著猶疑徘徊選擇的人，其實應該不在少數。畢竟，大約從百年前開始，主觀和客觀的各種條件，都催促著人往都市遷移，鄉村成了回不去的鄉愁，甚至是失敗者的無形印記。但是，城市似乎依舊不能成全被允諾的曾經夢想，鄉村的召喚也不曾一刻消失。

最近讀普立茲克建築獎得主伊東豊雄的《以建築改變日本》，看到這位大師級的建築師，如何能以謙卑反省的心情，重新看待不斷膨脹擴張的現代城市。伊東豊雄在二〇一一年的日本大地震後，因為目睹大海嘯對城鄉的衝擊，而「坦然地面對自己長年以來所投入的現代主義的功過」，也開始書寫具反思的這本書。

他說這段期間的工作（包括台中歌劇院），讓他「察覺到當時只是隱約感受到『朝向都市的建築已經結束了』的這個意識，到現在已經轉變成完全的確信。」也就是說，他開始懷疑都市建築的意義，已經脫離了人的真實本質需求，而成為「看不見的巨大資本流動的可視化裝置而已。」

這樣的質疑，加上親身參與海嘯救災工作，讓他更相信：「是人和自然一體化的世界，雖然辛苦地活著的『地方』，反而具備更大的希望。」因為地方存有著城市已經喪失的價值：與自然的關係、地域特色、承繼著土地固有的歷史與文化、人的關係和社區場域。

大姊遷居鄉村的決定，和伊東豊雄顯得憤慨的批判應該無關，我在匆匆停留的一日夜，見到院子的各種花樹，鄰居主動送上門的蔬果，還有山泉水、大黃狗和悠閒的節奏，這讓我相信他們應該是聽到了同樣的呼喚。

鄉村是不是理想生活的答案，我不敢確定。但是，城市確實該向鄉村學習了，看能否改變被資本過度控制、目前非城非鄉的尷尬狀況吧。

城愁

我曾經寫文章談論農業文明與游牧文明的更易關係，主要談的是此刻現實狀態的一切，基本上是奠基在農業文明價值觀上，因此倫理、道德、美學與生命意義，都與農業社會以土地為本的看法有關係。

因此，沒有固定鄉土、逐水草而居的游牧文明，就自然經常被拿來作為鄙夷嘲笑與對比的對象。但是，世界在二十世紀先後進入了工業文明社會，這樣巨大的衝擊與改換過程裡，卻發覺許多農業社會固守的價值觀，已經漸漸難以適用，而最令人驚訝的，竟然發現原本被唾棄的游牧文明價值觀，有些方面卻更加吻合此刻的需求。

譬如因為必須逐水草而居，靈活與彈性成為必要，過往會被引以為傲的龐大家庭與固定資產，重要性忽然大幅降低，甚至可能成為發展的負擔。由此衍生的效應極多，譬如以農業社會結構為本的儒家思想，在當代社會就時時會顯得尷尬難以立足，許多婚姻、養育與安老的過往模式，也忽然難以適切地繼續沿用。

我的一生正是生長在由農業文明往游牧文明移動的過程裡，因此夾雜在兩種時時矛盾的價值體系裡，經常不能自我明白就陷入理念與現實相異而馳的狀態。光是拿生小孩來說，小時候先是聽到政府說大家都要節育報國，之後說法卻是：「一個不算少，兩個恰恰好，三個不算多」，現在又是全面用政策和補助鼓勵生育，就連光是該不該生小孩，就可以在半個世紀裡如此幾度轉變，其他事情可見一斑。

我出了一本隨筆集《城愁》，雖然像是在漫漫談著我的記憶與現實觀察，但其中感慨與意圖思索的，正是當曾經被視為生命依歸處的「鄉愁」，已然不復在現實中得以尋見，而有如游牧般未明的「城愁」，也還是身影模糊時，個體生命究竟該何去何從的絮語。

此刻的年輕世代，比我幸運地生來就更浸淫在游牧的現實裡，沒有如我輩般的尷尬與兩難。但是，他們會遭逢的挑戰，除了尚未明朗化的文明走向外，更是這樣價值觀轉換時，依舊懷念「古風」者的批評與勸阻。也就是以「鄉愁」為本，不知「城愁」已至的人，不覺將自身的矛盾，設為下一代必須游牧時的柵欄吧！

回娘家

幼時住在屏東潮州父親工作單位的宿舍，印象最深的是兩層樓的九戶人家，住著閩南人和各有一戶的客家及原住民，在農曆年節的長假，全都回娘家的消失不見。整棟二層樓的建築，從原本日常的喧囂繁忙，忽然轉成空寂奇異的狀態，讓我驚覺自己原來是沒有娘家可回的外省人。

父親為了安慰我們六個小孩，暑假便安排全家到台南，拜訪任職基層警察的二舅。我記得二舅家是座落在蜿蜒小巷裡一個老舊木造屋子，原本不大的屋子住了他們一家大小六口，加入我們這一大家人，讓舅母招呼時忙碌擁擠極了。

舅母是台南在地人，卻嫁給了被派任台南的外省小警員，而且一世都還沒法流利說好國語。舅母溫暖慈愛，總是不說話地笑著，非常俐落地煮食三餐，以及不斷從外面買回各樣小食，讓台南成就了我幼年對美食的所有想像。

我深深記得在二舅家附近小巷穿走時，那窄小蜿蜒卻事物繁複的視覺景象，以及有一股如煙霧般濃稠的氣息，飄渺入我的鼻腔。那是一種混和著家常食物、老屋子的陰濕、小廟的裊裊煙火，和極有活力的日常生活所交織而成的氣味，也是我後來未曾在任何地方有過的感官經驗。

再次鄰近台南，就是我服兵役在砲校受訓的三個月。那時一週外出台南一日的假期，是所有受訓者的夢境，我卻兩三回在陌生的台南街頭走著，被燠熱天氣與身上有如詛咒的軍服，壓迫得窒息難耐，最後幾週就選擇在營休假，只是讀書睡覺的放鬆一日。

那時台南對我而言，就是受訓伙伴們逃逸與發洩的城市，有人一出營就換上百姓衣裝模樣，或約會或吃喝或看電影喝咖啡，甚至有經驗者還要帶著無知者，同去小旅館嘗試雲雨滋味。這樣的感覺與我幼時的記憶相去太遠，讓我不忍也不願去注視這個一度有如娘家般的城市。

又再次接近台南時，已是以建築專業者的中年人身分，會拉遠來看這個城市的紋理、身世與特質，驚豔之餘更是明白台南的迷人與可貴，甚至因此對照反思其他台灣城市的躁進與粗魯。幾年前有些厭倦當時自己的生活模式，還認真思考搬來台南久居的可能，差一點就可以驕傲地自稱台南人了呢！

我一直喜歡台南的溫暖與深厚，她像是所有人都可以歸去的家，尤其是那種與生活密密交織難分的真實氣味，只要回想起來或是忽然嗅聞到，那種童年得以回返娘家的喜悅歡欣，就會再次躍見眼前。

家鄉的美麗與哀愁

我出生在屏東潮州，小五舉家遷居台北，因為老家沒有熟識的人，雖然記憶頻頻迴繞召喚，也不太常逼近探看。幸而，選擇潮州在地關注的「台灣好基金會」，知道我與小鎮的一絲淵源，邀請我走訪我的家鄉，讓我有機會重新回顧與思考這個小鎮的未來去路。

基金會關注重點在於平台的創建與維護，透過外界的資源與網絡，協助經常落單的在地創業者，連結需要的專業助力與社群通路。在兩天一夜的短暫停留裡，尤其能感覺到他們對於在地的傳統產業、返鄉的創業青年，以及學校多元教育的關懷著力。

其中最能觸動感受的，是探訪一些返鄉創業者，這包括與日籍妻子藉由創立餐飲咖啡空間，推廣器物、空間與大自然美學的楊文正，或在屏東經營獨立書店，卻頻頻與父親據守的中藥行互動的蔡依芸，以及決心伴同母親承接一度考慮歇業的花生麻油行

三山國王廟是小鎮的空間與精神中心

楊文正與日籍妻子藉由創立餐飲咖啡空間，推廣器物、空間與大自然的美學。

的黃筑憶，還有與熱愛工藝母親攜手創設皮革工作室的陳定庵，此外夫妻兩人煮咖啡烘焙糕點的卓宜暉，和強調食材與手藝的日式壽司餐廳的王竣禾，也都讓人印象深刻。

整體上，他們對所經營的事物，都有著專注與熱愛的態度，因此顯現出沉篤安定的職人氣息，還有對於在地供需與傳統技術的尊重共生，而能在全球與在地、傳統與創新間，拿捏顯得靈活合宜。當然，創業絕非看起來那麼風光容易，成功倖存的少數者，除了自身的專業與堅持，家鄉親人在資金、人力與情感上的支援，絕對扮演著重要的角色。

從這些返鄉創業青年的身上，我看到一種工作、生命與土地結合後的沉著，那是在都會裡逐水草而居的倉皇生活者，所完全欠缺的一種質地，也暗示著長久來顯得破敗被遺忘的台灣鄉鎮，確實有著透過結合返鄉年輕人力量的翻轉契機。

我同時想到政府日日掛在嘴邊「地方創生」，與回鄉創業者間的巨大距離，另外見到納稅人的錢，不斷被抛擲入嘉年華大型節慶的展示炫耀活動，取悅中產階級消費者的意圖明顯，更只能感嘆這樣煙花般收割的施政模式，以及資源因而的寡斷運用，要讓多少亟待雨露降臨的在地禾苗，何時才能真正等到施政上的正視？

一個人旅行

我年輕時，經常一個人旅行，一方面覺得應該要去探索世界，也想磨練一人去應對不可測狀況的能力。當然，也有些因為這主意聽起來夠酷帥，日後和他人述說起來時，特別覺得春風自得，所隱隱有著某種虛榮心的成分。

這樣四處磨練下來，好處究竟有多少呢？譬如說是否變得精明幹練，因此能夠學會因地制宜，或者懂得結交陌生人，藉此勝讀百卷書增廣見聞，我相信這效果不假，但是這樣旅行的效益有幾分，老實說應該因人而異，我不清楚也不敢打包票。

若去回想，其中經歷的難題與寂寞，反而更是鮮明難忘。不管是遇到偷騙拐搶、或是自己受傷生病，甚至被人不理性與不禮貌地對待，當下四顧茫茫求助無人的心境，大概是只有親歷者才能明白。

我遇過獨行的美國女大生，宣稱她在西伯利亞的鐵道旅行中，被陌生人強姦兩次，我也曾在突尼斯逛走時，被人假說要告訴我如何去電影院，反而陷入小巷被圍堵勒索，或是在宏都拉斯的荒郊野外，開車被強行攔下索取過路費（他們宣稱剛修補好這段土石路面的小坑洞，要求表達感謝與樂捐金錢）。

比較奇妙的，是這些終於幸運能夠安全度過的危險，回想起來雖然苦澀，也因此特別繞目難忘，尤其可以拿來炫耀說嘴。當然，因為獨自旅行時容易去結交朋友，會有許多萍水相逢、甚至相濡以沫的短暫情誼花火，可以填補身為獨行者必然的孤寂。

某個程度上，這種避之不去的孤寂感，也是一人旅行時最珍貴的價值所在。除了時空環境的必然生疏，並無他人可依靠或交流，有時還會讓人忽然手足無措地驚慌起來，讀書與聽音樂雖是常用的良伴，真正的破解方法，是能怡然自得地享受這樣的孤寂。於是讓時間緩慢下來，節奏能融入當地環境，一日不說幾句話，或者一人走路、吃飯、看電影、上酒吧，都覺得恰意也正常，這種獨特的體驗，絕對是一人旅行者的甜蜜回報。

我現在並不特別喜歡一人去旅行，年紀大了有關係，也不覺得有這樣的絕對必要，反而會慎選一起旅行的伴侶，確認有同行者能分享苦樂悲歡，又不失卻一人獨行的悠然與自在。

理想的旅行

年輕時在美國工作居住了幾年，一來隻身在異鄉無牽無掛，二來年節休假也無處可去，就會四處旅行遊蕩來去，滿足自己想一窺世界的好奇心。那時，覺得吃苦與省錢，是一種自我證明的方式，因此自然也睡過各式各樣的旅店，基本上五味雜陳琳瑯滿目，也難以一言道盡。現在再去回想起來，其實滿佩服自己可以如此隨遇而安、無怨尤地接受有鋪即睡的本事。

如今，年歲讓我四處移動的欲望減弱，也沒有什麼非看不可、非去到恨不消的地方，長途飛行更是被我視為畏途，旅行的休憩舒適度與悠閒的節奏感，才是我越發在意的事情。譬如能有一杯冰涼的白酒，在陽光下的露台或街邊，悠哉地看路人或讀書，可能勝過擁擠地去朝拜什麼名勝與古蹟，而一個乾淨舒適的被褥臥床，可以平靜地一覺到天明，反而比許多奔波來去的事情，都更為重要引人。

我越來越發覺旅行，其實是一種安頓身心的過程。

因此，逐漸覺得旅行的身心居所狀態，可能是去旅行的核心目的。是的，我越來越發覺旅行，其實是一種安頓身心的過程，年輕時期待各樣的磨礪與刺激，來獲得滋養成長，現在反而渴望著平靜與悠緩，有更多與自己及環境的共處時光。

住入高品質的飯店自然最保險，一切都讓人安心無慮，但是不免會覺得過度冰冷無溫度，並且必須與陌生人摩肩接踵，自在感難免會有頓失的遺憾。因此，能住到有居家感的旅店或民宿，尤其有著主人的品味氣息，反而是我現在最理想的選擇。

但是，我這樣已然有些宅人的退隱心情，也害怕主人的過度殷勤，弄得度假還像是在應付親人朋友，完全鬆不下筋骨心情。真正好的度假居所，應是會讓人覺得回到自己的家，即是心裡想擁有卻不可得的家，或因為繽紛動人的花園，或是主人調理得宜的氛圍與品味，總之，就是能讓你覺得安適自在，又可以完全不受主人干擾、也不擔心服務短缺的無憂狀態。

這樣不濃不淡的居家氣息，其實並不容易尋到，有些像吃到專業的家常料理，既是滿足又覺得如常的舒坦。確實，理想的旅行也難也不難，只是能透過得體的心與手，量身泡出來一杯濃淡得宜的茶，溫熱心靈與肚腹而已。

游牧的明珠

偶然發現多年前在雜誌談論我對香港的印象，讀來覺得有趣，回顧整理如下。

（但也想著香港近年變化劇烈，如果真要談此刻的印象，又會是什麼呢？）

1. 密度

香港證明了密度是必要的。在不斷高密度化的過程裡，我們見到這城市如何井井有序地運作，沒有如過往都市規畫專家所預測的，以為只有控制下的密度，才符合人性需求，過高的密度則必然會失序與品質低落。反之，香港讓我們見到驚人的活力與效率，對於生存競爭的積極回應，還有些許對於進化論「適者生存」與資本主義遊戲法則的血腥實證。

這種高密度的巨大現代城市模式，其實正在東亞新興城市迅速蔓延，也必然會接續在亞洲各處風起雲湧，香港作為高密度又能成功運作的現代城市，無疑地會被當作表率與模範。

2. 欲望

香港成功地將欲望與動力做出結合，使得整座城市有如餵飽煤炭的蒸汽爐，不斷嘶嘶作響向前滾動。這樣的欲望包括與生存息息相關的金錢，以及對於物欲與商品所顯示的崇拜態度與焦慮感。

這樣對於被欲望制約的追逐與失落，與因之而生的矛盾與錯愕，香港的電影可以做輔證。金城武在《重慶森林》裡，就隱喻地說：「不知道從什麼時候開始，在什麼東西上面都有個日期，秋刀魚會過期，肉罐頭會過期，連保鮮紙都會過期。我開始懷疑，在這個世界上，還有什麼東西是不會過期的？」

欲望當然照樣會過期，而香港的特殊處，是能夠讓過期的欲望，依舊發酵與驅動。

3. 游牧

速度與效率，是香港的兩張生存王牌，這其實非常貼近於游牧民族的特色。逐水草而居的生活，曾是人類的生活方式，成吉思汗以龐大又迅速有效律的騎兵大軍，向世界證明這兩大利器的威力。

資本主義與工業文明，事實上再次暗示著農業社會的價值觀已遠，游牧將是此刻的生活與思維模式，移動的家與移動的人生，都將成為都市的新牧歌。而在這樣的思考裡，移動的人才是生存的主體，其他外在的一切，都是海市蜃樓般的客體，香港就是明證。

也許，香港本就是游牧文明的明珠，也是一則東亞共有的寓言與傳說。

半下流的香港

週末去了趟香港，參加盛名的Clockenflap音樂節，順道感受似乎處在巔簸狀態的香港社會。音樂節的卡司與氣氛都十分成功迷人，也親眼目睹台灣音樂人安溥與吳青峰的廣大魅力，絲毫不遜色其他國際名牌。

同時間，還看了中平卓馬的「挑釁」攝影展，聆聽獲得二〇一七普立茲音樂獎的現代歌劇《天使的骨骸》，逛了週日早晨的菜市場，夜半在小酒館臨街看人，九龍巷弄吃露天宵夜。當然，也有烤乳鴿的精緻飲茶，更在宿處對面的一個家庭餐廳，多次擁擠地見識了一間小廚房，如何迅速地從早餐、午餐、下午茶到晚餐，源源不絕供應出多變又好吃的各樣食物。

這就是香港，一個奇異地混和了多元文化，又能各自運作順暢，恍如天橋上摩肩接踵的來往行人，如此肌膚貼近，又似乎毫不相干。也就是說，你看到這些異質甚至矛盾的階級與文化，用如此貼近卻又平行的方式，並存在人人都緊張、卻似乎甘之如飴的社會。

所以如此，我覺得是因為被英國統治百年的過程裡，有意無意地迴避了許多糾纏整個二十世紀的衝突與災難，譬如國族主體的認同何在、文化社會意識是否被掌權者蓄意建立，使得香港得以「因禍得福」地生活在無絕對主體的狀態。因此，生存與生活的自身當下現實，反而被格外放大重視，社會在無數平行的齒輪運作下，把以個人利益為本的生存現實感，發揮得淋漓盡致。

這是極為特殊的一種質地，因此在回歸後，遭逢到強大的中心主體時，立刻顯現出必然的不適應。但是，這樣的陣痛並非歷史首見，一九四九年流亡到香港的趙滋蕃，在他隨後發表的小說《半下流社會》裡，對眼中所見的香港社會群像（尤其流亡至此的知識分子），發出了嘲諷式的嚴厲批判，藉小說寫出了「一個交織著希望和失望，糾纏著新生和滅亡的時代」。

然而，這個讓趙滋蕃度過一生的「半下流社會」，如今似乎又再次交夾在希望和失望、新生和滅亡的狀態下。我這樣週末匆匆來去，其實依舊困惑難解，只好去回看小說的扉頁所寫：「勿為死者流淚；請為生者悲哀。」
彷佛忽然明白當下現實的逼近，才是趙滋蕃當年心中的悲涼所在。

寡婦山

去了馬來西亞婆羅洲的沙巴，本意只想在海邊徜徉放空，一日卻受邀去探訪著名的神山，也就是別號「寡婦山」的基納巴魯山。這座山頂有著特殊鋸尺形狀、略略高過玉山的先靈聖山，其實有一個相當世俗的民間傳說。

就是相傳有對華人兄弟，捕魚遇颱風漂流到這裡，娶妻落戶生子。後來相約先由哥哥返家探路，再帶大家一起回去，沒有想到此去不回。宛如寡婦般的妻子，天天爬到山頂，眺望大海到老死。

對於這個似乎關於愛情與幸福的傳說，完全以華人及男性為中心，讓我反而沒有很舒服，更感興趣的當地自身的先靈傳說，卻沒有人告訴我點滴。是的，寡婦如何茹苦含辛、忍辱養大孩子的故事，幼時的童話處處皆是，教化意圖早就瀰漫在我成長的華人社會。

在旅程同時間，我正好讀汪曾祺的《茱萸集》。很喜歡小說顯得舉重若輕的手法，而汪曾祺對於人性依舊存有的善，信念能夠如此堅定，更是讓人感動。也當然，這樣樸實與天生的善，必然要受到迫害，而這正是他小說的注視所在。

其中有兩篇小說都提到民國戰亂時，鄉村落魄人家閨女，如何受到保安隊與軍方的欺凌。譬如一個被連長強行買走，並在被糟蹋染病後返家，父親因而羞愧上吊，沒想到卻沒死；另外，是金童玉女的愛情伴侶，竟被土匪般的保安隊號長，一夜直接破了女孩的身，事後還打殘了男孩。

這樣故事裡的女性，確實會讓我與沙巴的寡婦山放在一起聯想。她們顯然被社會整體無故犧牲與漠視的命運，似乎是在成全華人的「禮教」期待。也就是說，女性作為一個並沒有完整主體的人，可以被金錢、權勢，甚至道德與道統，理所當然地被決定生命路徑。

在華人的傳統價值觀裡，非主流男性者的個體權力，一直長期受到嚴重貶抑，漢人、父權與男權的中心意識，牢固壟斷難以撼動。或許，若是樂觀看看現在的台灣社會，女性完全蓬勃活躍，同志與少數族裔的運動，也還方興未艾，似乎都正在繼續努力朝向未竟的「天賦人權」路途中。

要讓人放棄在手的權力，自然不是件容易事。但是，至少可以不要繼續讓更多的「寡婦山」故事，四處流傳與誤導下一代吧！

東京戀曲

我年輕時經常四處去旅行，那時是帶著對世界的好奇、以及想要自我挑戰的雙重心理，通常會刻意一個人獨行，其中自然有練膽識的意味。我曾經買了環繞世界一周的機票，因為不方便請假太久，就用兩週的時間，美歐亞跑了一圈，每個城市最多就待了兩天，現在想來確實瘋狂。

現在我對旅行的興趣淡了許多，甚至還會嫌搭飛機累人，出入機場囉唆費時，但若真要出國度個短假，會想到的大約就是東京。首先這樣的飛行時間可以接受，而且東京文明便利，讓人放鬆壓力大減，然後去東京也不需要為什麼原因，以及做什麼特別計畫，只要落地住宿安置好，自然有足夠的事情可以做。

我在東京最喜歡做的兩件事情，大約就是參觀美術館以及逛街購物。尤其近年設計與建築展覽的數量大增，幾乎時時都可以看到厲害的展覽，再加上原本就豐富飽滿的當代或古典藝術展覽，兩條腿不走得痠痛難受，大概很難餵飽視覺饗宴的胃口。

另外，就是隨興地逛街購物，這通常也不做特別計畫，就挑一些年輕時尚的區域，盡量迴避那些精品名牌，去感受一下東京的品味活力，讓自己逐漸鬆弛的腦子，得到一些衝擊與洗滌。我也喜歡在東京買穿著衣飾或個人用品，因為那種材質的細膩敏感度，以及對設計細節的專注，幾乎很難找到可匹敵的城市。

我還記得第一次去東京，是一九八五年夏天從美國回台轉機時，匆匆一人在銀座一帶亂逛。後來夜深了，發現附近幾家旅館都沒有空房，只好坐上計程車，手寫著旅社和便宜兩組字，讓那個禮貌的中年司機，載著我四處找宿處，他並且都還會先下車去問，回來告訴我有房間否，以及房價大約多少。最後，居然找到一個聞所未聞的子彈旅館，不但乾淨便宜，也讓我大開眼界。

我旅行喜歡輕鬆自在，不太會刻意去安排固定的行程，也不覺得有什麼非看不可的事物。我現在更在意的是城市文化，以及生活在那裡人的品質，因為這些都是最真實的質地，不是做作造假的門面功夫。

我喜歡東京的處處美感，那表裡如一的真實質地，是可以屢次來去也不覺厭倦的城市。

里山的生活

有些旅遊過的地方，會讓人想反覆再回去，我覺得日本就具有這樣的魅力。這種奇怪的吸引力，絕非蓄意營造一些景點或奇觀，就可以輕易達成的。反而，是必須有深厚的日常魅力，並能在這樣看似平淡的日常中，不斷翻新發展出令人驚異也真實的動人感受。

我回想無數次日本遊的原因，確實隨著時間會關注不同的事物。最早自然是對建築的探訪，尤其這本就是我的專業，而且日本百年來設計發展的成果，不但完整也十分精采。光是東京的表參道附近，名家經典建築作品如林，如果再拉開四處探訪，戰前戰後的現代主義作品，更有如閱讀歷史般令人澎湃興奮。

同時，傳統建築也有良好的維護，從庭院、民居、寺廟到官方建築，都真實傳達一種靜謐沉穩的氣息，對於現代性的積極吸收中，也維持著堅實的文化傳統價值。尤其一些夾身在小巷弄裡的平常屋宇，完全能感受到主人用心的招呼料理，屋與人同心的親密關愛，散發出特殊的美麗氣息。

後來，我不再蓄意追尋經典建築，比較讓自己隨興地走逛街巷，逢花看花、有水看水，也因此能見到日本城市裡，已然發展得十分精緻的文明。我尤其會被有設計感的小店吸引，那種經營者個性濃烈的店，不管是小酒館、服飾店或設計用品店，都會讓我流連忘返。

現在，最喜歡的則是日本的鄉下。在亞洲城鄉劇烈轉換的過程，鄉村經常被棄置不顧，因此顯出又老又窮的破敗景象，甚至讓粗俗一致的外來廉價商業風貌覆蓋，特色與氣質全失。日本的農村也受到都市化的衝擊，卻依舊能顯現出恭謹有度的本相，加上乾淨整潔的環境、普及便利的基本設施，以及人與自然間彬彬有禮的關係，展現了鄉村的大度與自信。

我看著這樣的農村景象，會想到日本的里山傳統，也就是社區、森林和農業地景共生，兼顧生物多樣性與資源永續，人與自然相敬如賓的生活態度，心裡油然生出敬意。這樣存在的鄉村，甚至會讓我想著住居的可能，或是暗自期盼著台灣的鄉村，是不是也可以一日若此，讓都市裡的許多遊魂如我，可以有塊想去安置身心的環境與土地呢！

美食、園林和戲曲

應邀去蘇州做了一場演講，終於造訪這個嚮往已久、卻總是擦身而過的名城。接待我的大學位在東邊的新城區，一切規畫都非常現代新穎，甚至見不到什麼老舊髒亂的痕跡，一如其他同樣正在努力向上日日興起的中國大城市。

只是，我初看卻有些詫異，因為完全見不到我腦海中的蘇州風情，反而滿眼皆是無法辨識彼此的現代城市模樣。朋友見我如此反應，就帶我去往受保護的老城區，加入穿梭的擁擠遊客群，一嘗所謂的蘇州風光美景，這包括吃了細緻宜人的餐飲、聽了餘韻繞梁的戲曲、出入尺度迷人的巷弄小溪，加上探訪馳名世界的幾座園林，終於有吃盡滿漢全席的飽足感。

結束五感滿足的行程，離開這片受保護的舊城區時，卻像是從散場電影院裡走出來，忽然又進入時空迴異的現代城市。是的，整個蘇州老城的風情，就像是一趟迷幻的3D電影之旅，我夾身在買票入場的蜂擁人群間，觀賞一齣像是精心安排的戲碼，在憑弔與心滿意足的散戲後，再重回真實的人間。

這樣顯得相當巨大的斷裂感受，從這似乎人人懷念的舊有文明與迷人生活風貌，忽然面對無法對話連接也疏離陌生的現代新城市，甚至讓人只能用動物園般框景說明的方式，來售票販賣並展示曾經真實的生活，老實說不僅是唐突奇怪，其實根本近乎悲哀了。

現代城市夾著工業革命的正當性，在迅速發展的過程中，其實一直視傳統的城市文明如敝屣，不但不覺得珍惜，反而棄之唯恐不及。這種態度也普遍反應在許多以「現代」為名的作為上，以為「傳統」就是食之無味、棄之可惜的雞肋，最多就是包裝起來賣給遊客當作瀏覽消費品。

然而，所以會引人的美食、園林和戲曲，不僅是日常生活所積累的釀製品，也是一座城市必須具有的內在靈魂，是真正能與城市外在軀殼合一的日常氛圍，而不是用來張掛在博物館展示與獵奇的旅遊消費品。

我有些哀悼心目中的蘇州風景，成了遊客蜂擁消費的場所，也明白這樣舊城文明

城市文化是真正能與城市外在軀殼合一的日常氛圍，而不是用來張掛在博物館展示與獵奇的旅遊消費品。

美食、園林和戲曲，不僅是日常生活所積累的釀製品，也是一座城市必須具有的內在靈魂。

的被消費利用，其實還是少數舊城市得享有的特殊待遇，因為其他無可從中榨汁獲利的更多舊有城市文明，早就被巨大的剷土機推倒消除無痕了。

菲律賓啊菲律賓

算一下去過的國家城市，其實真的很不少，卻一直沒去到緊鄰台灣的菲律賓。這想來有些離奇，因為幼時父親出差去到的唯一國家，就是讓我從此嚮往的菲律賓，尤其父親還帶回來一具神奇的幻燈機，加上述說馬尼拉的如何現代進步，因此那個南方群島的美好印象，自然長時烙印我心。

我終於抵達馬尼拉度假時，雖然知道這國家近半世紀不振，還是被交通紊亂與基礎建設雜沓的狀態，深深地震驚到了。優雅的處所與博聞的菁英，當然存有也時時可遇，然而於我，這卻只是更彰顯貧富間巨大的鴻溝，以及白領與中產階級依舊未能成形的社會事實。

我並沒有特別研究菲律賓的政經歷史，但是漫長三個多世紀的西班牙殖民，以及十九世紀末的美國接手，到二戰期間短暫的日本占領，加上戰後美國的長期影響，然後步伐蹣跚的自立之旅，包括其間長達二十年的馬可仕獨裁統治，是大家都約略明白的狀態，也是許多經歷過同樣現代性歷程，在被殖民與專制獨裁間仍然徘徊受困國家所共有的時代命運。

我還去了一個南方的度假島嶼，深深感受到外來（先進國家）消費者與本地生產／服務者間，似乎換了階級的外貌形式，卻依舊延續著過往幾世紀的供需關係。譬如我居住的山間民宿，屋主是一年會來幾個月衝浪度假的挪威夫妻，民宿交給居住一旁年輕的在地夫妻照顧，那位主業是種椰子的黝黑男子，顯得憂愁地告訴我今年椰子大落價，一公斤只換一披索（三披索約台幣兩元），他對此毫無對策，也不明白為何如此，只是說如果種椰子生活不下去，他就要像其他年輕人一樣，選擇去馬尼拉當建築工人了。

儘管不安思緒反覆迴繞，最是讓我難以忘懷的，還是在島嶼遇到的人，不管是旅遊服務的工作者、路邊偶遇的制服小學生，或是午後落雨時，熱情讓我入屋避雨，並與我聊天的老先生，都能清晰感覺到溫暖與開朗的信任，以及樂天知命的寬闊。

我不禁想像這樣優美平和的諸多島嶼，在久遠久遠以前的生命模樣，應該是農耕

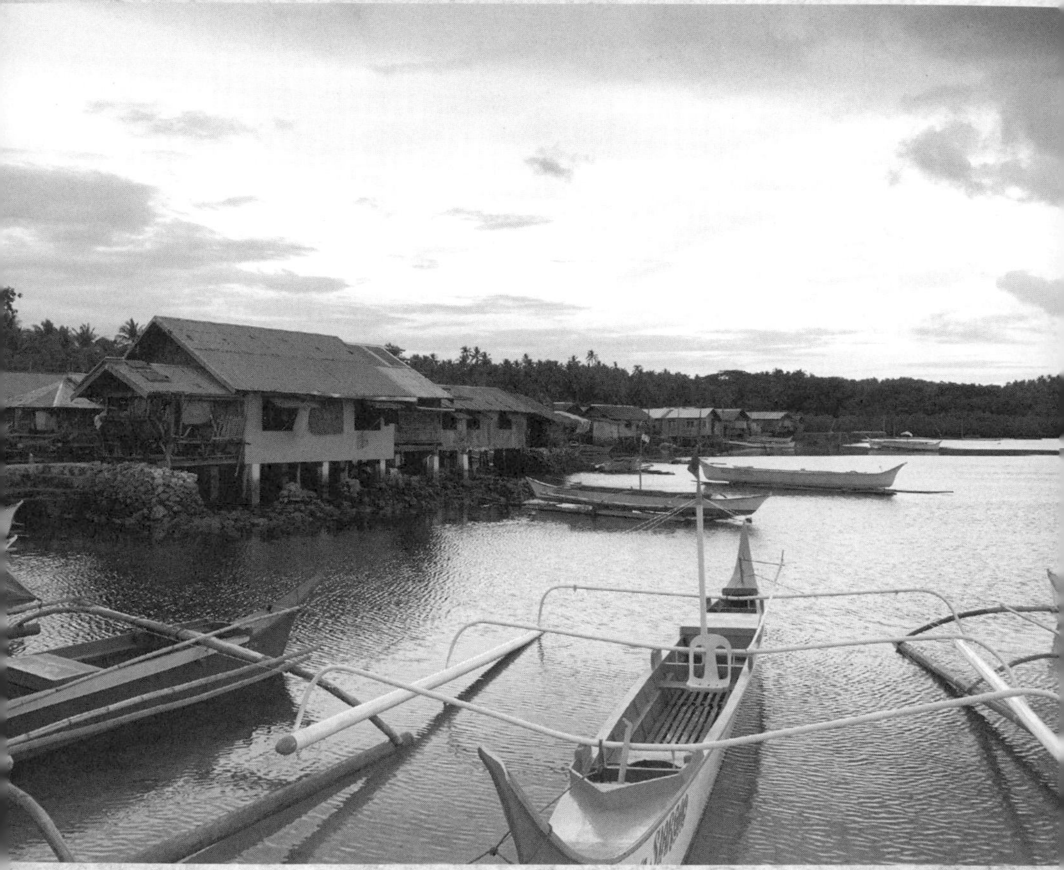

我想像這樣島嶼久遠前的生命模樣，應該是農耕漁獵自足無求的簡單生活吧！

漁獵自足無求的簡單生活，若與今日各自奔命的狀態作對比，真的要嘆息說：菲律賓啊、菲律賓！

建築的民主化

因為黃聲遠建築師的邀約，我去宜蘭走了一趟，一起看了他的新作品「壯圍沙丘旅遊服務園區」，順道經過並看見海邊冒著生命危險、在風浪裡撈取鰻魚苗，甚至必須居住在沙灘臨時帳棚的艱苦謀生人。

回程天氣忽然放晴，遠方是連綿伸展漂亮的中央山脈，而大霸尖山希罕地露出頂峰，我回想著昨天聽到風浪捲走兩條生命的事情，感覺到個體生命無人憐惜的悲哀，也忽然聯想到宜蘭這塊曾經孕育民主的土地，是否對由台北移居來宜蘭二十五年的黃聲遠的建築作為，產生任何的影響與對話關係呢？

專業本質是作為服務業的建築師，處身現實經常只能為少數付錢的權力者（譬如資本家或政治人物）服務，因而容易有顯得商業媚俗與不願涉世批判的迴避姿態，也會常忘記社會大眾才是設計對象的事實。

從九〇年代起，以宜蘭作建築基地的黃聲遠，就顯現出與同世代的建築師，長期牢牢受制於資本或政治權力下的不同思維，轉而能以日常生活以及平凡百姓的角度做設計，不斷提出對過往公共空間所慣用威權、控制與集體性格的挑戰，並對應以委婉與幽默的破解手法，成功呼應解嚴後社會已然波濤層起的民主氛圍。

建築作為權力者的宣示表徵，不管是宮殿、廟宇或摩天大樓，早已成為難於自免的宿命，建築師經常只能淪為權力者的化妝師，不但沒有自我主張的發言權，還要受到各樣壓迫與屈辱，從早年的柯比意到才過世的王大閎，都是斑斑可見的真實例子。

類同黃聲遠這樣作為的建築民主化，隨著九〇年代台灣公民社會的壯大，也逐漸影響到整個建築圈的生態，政府主導的公共建築，尤其可以見到巨大的改變，以民為本及公民平等的空間思維，逐漸顯現在台灣的公共空間，直接證明台灣公民社會的逐步成熟。

黃聲遠對我說在海灘上搭築的帳棚社區，原本因為非法違章而被政府取締，經溝通後允許暫存到三月底鰻苗汛期結束，算是在寬容下獲得短期存在的生機。我想著這些每日不得不逐浪入海以求生計的人，也想著公共空間的民主化過程，不能不感慨進步的不容易與尚待努力，特別會感謝過程中為此付出的許多人。

狂癲的建築師

綽號「皮蛋豆腐」的台北表演藝術中心，已有國外媒體宣稱將是二〇一九最被期待的新建築，但其實這新建築並不新，從二〇〇九競圖揭曉，其間經歷施工廠商倒閉以及各種波折，才終於姍姍來遲地準備落成。

台灣早已經建築明星盈門，名家作品遍布南北，但我對台北表演藝術中心卻情有獨鍾。原因很簡單，就是背後操刀的庫哈斯，是我認為少見具有思辨能力的當代建築師，他的一言一行依舊深深吸引著我的注意力。

看了由他兒子拍攝的紀錄片《癲狂建築：庫哈斯》，以貼身記錄及自述理念的模式，讓我再次感受到這位從記者出身的建築師，如何維持他慣有的質疑與反叛個性，針對全球化與資本主義籠罩下的世界，發出既是狂譫也具啟發性的游擊言論。

要簡單敍述撲朔迷離、不斷自我變異的庫哈斯，其實並不容易。他是一個充滿矛盾卻又善用矛盾的人，譬如他看不起聚眾自戀的名人，卻深深明白成為名人的權力，是一方好用的寶劍。他具有能從雜亂表象中見出其底層現實的能力，使他能坦然接受現實與惡的存在，並選擇以樂觀的悲觀主義姿態面世。

庫哈斯提倡一個恍如沒有記憶與故鄉的空間觀，因為他相信資本主義可能是人類共同以及僅存的家，他揮劍殺入這樣的淵藪世界，在甘心被利用與伺機意圖反叛中，自己內裡卻反覆鬥爭，有如一個在地獄傳述天堂福音的牧者，或是正與魔鬼進行交易的自信謀士。

庫哈斯所以特殊難敵，是他能在傳統的建築／都市視野裡，加入了更宏觀的社會學／人類學視角，以積極的批判性格及入世對決的態度，直接衝撞被權力牢牢綑綁的建築世界，並讓對立的兩方都不知他是敵是友。

也因此，庫哈斯的建築從不塑造詩意夢境，更提出讓人驚愕的超現實情境，新的建築文化與思想，才是他最期待的結語，這也是電影裡捕捉到的最精采處。一直都以都市為戰線的庫哈斯，在影片最終說出「城市不復存在」的悲觀話語，甚至提及大自然對思考的真正啟發性，還談到神祕的虛無或才是一切的終點。

這讓我想到倦勤後的堂吉訶德，或許，庫哈斯本就是來自中世紀的夢幻騎士，更是悠遊人間的虛無主義者啊！

山腳與稻田裡的美術館

近年來，由政府主導的大型文化性建築，在台灣各主要城市接續亮相，不管台中歌劇院、嘉義故宮南院、高雄衛武營國家藝術文化中心、台南市美術館等，無論設計風格或內容規模，都能有效引發社會的關注。而陸續要上場的還有許多，譬如台北表演藝術中心、台北流行音樂中心，以及進行中的新北市美術館、桃園市美術館（當然，還有孵蛋中的台北大巨蛋），除了顯現政府推動文化建設的意志外，城市間彼此較勁比美的盛況，已然指日可期。

這樣由政府預算支持、以大型都會為著力點的文化施政，自然有其情理上的脈絡可尋，因此相對來看，反而以非都會區為據、非仰賴政府支持的文化建設，譬如草屯鎮九九峰山腳下的毓繡美術館，以及有如座落在稻田裡、台灣第一座由穀倉改建的池上穀倉藝術館，就格外有其意義與引人注目。、這兩件相對屬於小型也低預算的美術館，異於政府大型文化建設向來依賴國際建築明星加持的習性，反而分別由本土建築師廖偉立及陳冠華來操刀，民間機構負責經營管理，卻有著新人耳目的成績。

成功建立起市場口碑的毓繡美術館，已是建築與藝術界必到的朝聖點，設計的用心可見，譬如由路徑來導引的空間轉換，產生類章回小說的連續／韻律感，建築的主體雄渾也簡約、豐富也細緻，氣勢與節奏兼具，與環境有著均衡的共生關係。

另外由蔣勳老師促成，剛啟用的池上穀倉藝術館，原為當地老一輩居民領米的地方，感情與記憶濃厚。整建時保留了原有的木構梁桁，加入鋼構、黑瓦與玻璃落地窗，與遠處的稻田呼應唱和，簡單樸素也自在大氣。

我所以欣賞這兩座美術館，主要是其能夠脫離掉大型文化建設的宏大姿態，以及執政者不免想藉以表功的迫切目的，回返到與地方的共同記憶或自然環境，一起共生共容的和諧狀態，讓偏鄉地方不必然只能販賣觀光消費用的所謂土產，而能提供更深沉的文化價值與啟示。

文化必須有環護的真實土壤，才能夠滋長與壯大，鄉村環境與民間底層自發的養分，因為能與現實環境扣合，更是一方值得我們珍惜與鼓勵的母土。

因記憶而有生命的建築

台南作為台灣歷史脈絡的關鍵城市，雖然容易令人緬懷憐愛，卻也因此難與「現代」作聯想。甚至，會受制於輕易就把現代與歷史一刀切開的此刻時代狀態，反而不容易自在伸展作發展。

然而，近年來有許多設計人選擇台南作為發展基地，正面挑戰這個與歷史記憶有關的議題，呈顯出相當活潑的新氣象，耕耘已久的劉國滄／打開聯合設計工作室，尤其是對這個思考面向扎根極早、成績顯現的建築團隊。其中，讓人津津樂道的「藍曬圖」作品，是劉國滄回應當初為了開發地下街，市政府以強硬的手段，將海安路許多平房攔腰剷除，使得現代化的必然過程，反而造成人與空間記憶的傷痕，所做出來的漂亮回應及控訴。

我曾問劉國滄操作建築時的關鍵字為何？他以「墟」作答案：「我對於所有不能

「藍曬圖」正面挑戰歷史記憶的議題（打開聯合設計工作室提供）

前身為十九世紀德記洋行倉庫的「安平樹屋」（打開聯合設計工作室提供）

兩全但卻又兼具的曖昧現象感到興趣，但卻也因而常常焦慮於如何去捕捉它。那些關於：是過往又是將來的／是規矩又是失序的／是內裡又是外頭的；什麼是建築最迷人的樣子？是建造又是拆解的／是人工又是野生的／是片段又是完整的。」

另外，也可以做說明的例子，是前身為十九世紀德記洋行倉庫的「安平樹屋」。這倉庫在二次戰後被台鹽繼承使用，經歷荒廢並被榕樹入侵，劉國滄以現貌的廢墟／榕樹為本，並以相對輕盈的步道系統穿梭其間，對於已存的事物，以及各自具有的時空記憶，都有著誠懇的尊敬與認知。藉此，讓我們得以認知建築的恆不定狀態，因為一切皆可出入於空間，也皆不能久留有如過客，時間與記憶才是永恆的主體。

台南作為一個擁有無數記憶資產的城市，要如何積極地面對與運用這樣的積累記憶，就是能否讓自身從歷史的冊頁，走入現代創新的關鍵處。而快速的符碼化與過度鄉愁的消費性作為，只是短效的揠苗助長作為，恰恰不可過度去鼓勵發展。

因為，記憶本來「是片段又是完整的」，難以捕捉也顯現有時。就正如普魯斯特的小說所描述，有一天他彎下腰脱鞋時，忽然瞥見他祖母的真正容顏：「有生以來的第一次，我終於不經意而且完整地在回憶中，尋回了她那生動而真實的面貌。」

蓋房子是基本人權

二〇〇九年夏天，我跟著謝英俊進到四川地震後，本是藏羌族居住的茂縣山區，看了由謝英俊主導的羌族楊柳村家屋重建。楊柳村總共五十來戶，都是兩層樓加一個儲藏室的閣樓，一戶約四十五坪的連棟住家。村子原本是落在更高處的傳統羌寨，地震時破壞嚴重，不得不遷村重建。

謝英俊規畫的新村子，基本上依循著傳統形式，最大的改變是把結構系統，從木柱木梁改成輕鋼架，原因半是因工業化的時代浪潮，另外也考慮對抗地震的效能，其他部分則放手給居民自力造屋。

在實際建造過程中，謝英俊碰到了產官學的重重阻力，這完全出乎他的預料。回到成都時，我戲稱謝英俊是「唐三藏」，讓人以為吃他一口肉，就可以長生不老，才招來這麼多是非，謝英俊就只是哈哈大笑。其實，理想從來不是謝英俊所匱乏的東

謝英俊在日月潭主導的邵族部落自力重建家屋，有著對人居與村落背後，更為龐大也複雜的社會與文化議題的關注。（謝英俊提供）

西，他的主要敵人還是殘酷的現實，謝英俊並不拒絕與權力者合作，但堅持維持自己的個體獨立性格，其中的各樣矛盾自然滋生。

早在二十年前的九二一大地震，謝英俊在日月潭主導邵族部落自力重建家屋，就受到海內外建築界廣泛矚目。邵族家屋最引人處，是在於面對快速資本化與機械化的世界，仍然堅持對個體勞動力寄予無差別尊重，並相信單一的個體與家庭，在自力自助與鄰里換工互助的狀態下，是可以建造出自己家園的。

另外，則是對人居與村落背後，更為龐大也複雜的社會與文化議題的關注。這可以從他在邵族部落規畫出各樣的宗教與儀典空間，以及在楊柳村放手讓居民自主決定家屋的最後風貌，見出他思索如何回復或延續原有信仰、儀式與居民自體性，成為其建築作為的主要目標與態度。

在謝英俊看來，現代建築所以會施工困難化，可能是一種托拉斯的有計畫控制，因為當人無法掌握施工技術和勞動權時，就必須付錢去購買。在一次座談會上，謝英俊曾說：「如果自己動手蓋房子，材料和部分工料的外包費，只要十五萬。……這一點點安身立命的基本生活條件，難道不應該是基本的人權嗎？」

這樣簡單的基本人權，是許多無殼蝸牛的夢想，也是絕對真實存在的現實問題，
因為蓋房子本是天賦的基本人權。

看風水

重啟核四與離岸風電的議題，一直占據新聞版面不去，看起來還要繼續延燒到下次大選。這樣關乎節約能源以及如何與自然共生永續的議題，其實在日常的住居環境裡，早也就以風水的身分現身了。

但是，風水究竟是什麼？風水的必要性又是什麼呢？

華人很早就思考自然與生命之間的關係，趙廣超所寫的《不只中國木建築》一書提到：「最早看風水的應該是周代初期的英明領袖公劉，他率領百姓遷移，到泉水交匯的地方，從平原到高地仔細地審查，利用日影來測定方位，分別陰陽，然後安邦立業。」

另外，極擅長建造城市的羅馬帝國，在開疆闢地建造城市時，除了觀察各樣地形地貌外，據說都要在選擇定居的環境裡，現地獵取飛禽與走兔，並直接品嘗檢視其肝臟的潔淨狀態，來判斷環境是否健康宜居。

華人的建築觀念，從來不以單一建築作為終極點，而是將個人的起居生活、居室、坊里、城郭、國家，乃至於整個世界宇宙，都放在一起思考。所謂的風水，也可以說就是華人社會對於「有機宇宙哲學」（李約瑟語）的空間解釋。

這也牽涉到如何把自然的世界，以哲學或建築手法轉換入生活空間的思考，不管是如明朝《園冶》所提的相地、掇山、借景，或如天壇借用建築語彙以象徵宇宙（萬物皆可以金木水火土等元素來呈現）、哲學的轉譯（如《易經》或《道德經》）、數字的暗示（尺寸與節氣、時辰、星宿相呼應），都可見到建築意欲與宇宙自然銜接，藉此尋找到安身立命的定位點。

「看風水」能如此被人長久接受，也很真實地反映出人的某種困境現實，例如對財富、地位的無安全感，對生活、命運的徬徨失措，對宇宙與己身斷離的不安，這些原本應該被解決的問題（藉生活、哲學、倫理、社會結構與空間環境等），現在卻逐漸失卻了一己的掌握力。

風水作為「現代知識」，是不是禁得起考驗尚不可知，但是作為一門久遠的承

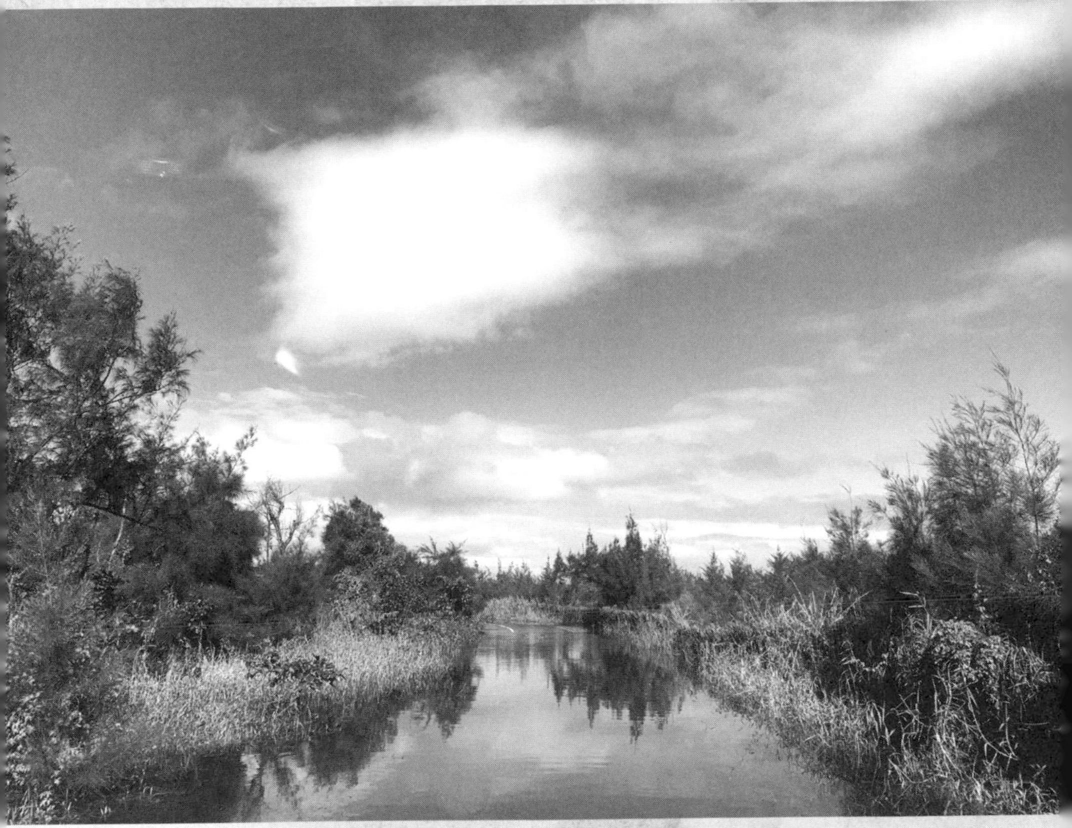

「風水」可以說是華人社會對於「有機宇宙哲學」（李約瑟語）的空間解釋

傳，依舊在現代華人的意識與實際層面，有著重大的影響力。因此，「看風水」對人的心靈與生命，如果能有著務實或務虛的效用，也許就不需要用「不科學」的實證態度，過度批評這樣的學問吧？

貝聿銘的遺憾

首位華人普立茲克建築獎得主貝聿銘，週前以一百零二歲高齡去世，由於他建築生涯的盛期，與我學習建築的時間交疊，自然對我影響很大。然而，如今再回看他一生追求的現代理性與科技主軸，不免交錯出成之敗之的個人感觸。

關於現代性，王德威在《被壓抑的現代性》裡，認為是一種醞釀的漸進過程，而非是一刀兩半的劃分。他說：「我們毋需視文學的現代進程——不論是在全球或地區層次——為單一、不可逆的發展。現存的許多現代性觀念，都暗含一個今勝於昔（或今不如昔）的時間表。」

說明現代性不可單一化約，也無法簡單歸納路徑。譬如現代化起步領先亞洲諸鄰的日本，就是先經由「現代」立足，卻轉以帝國主義的失敗收場，似乎暗示如果過度依賴「實學」（譬如科技），可能衍生的傷害性。

建築是高度結合科技的藝術，霍布斯邦在《資本的年代》也點到這樣的危險：「追求藝術的科學極致，是條很吸引人的道路，因為如果科學是資本主義社會的一個基本價值，那麼個人主義、競爭就是其他價值。……藝術上的革命者通常很容易與政治上的革命者相混淆，……也都很容易和另一種極不相同的東西相混淆，即『現代性』。」

我與評論家王增榮對普立茲克建築獎得主做系列講座，最後選出的八家裡，特別將已開發與開發中地區各以四家做區劃，討論重點是現代建築因現代化進程不同的發展影響，也對於現代等同科技意圖提出質疑，同時表達「現代並不違逆歷史與底層現實」的觀點。

王德威雖對「現代」有批判，對其出路也有期待，並且以革命／迴轉的對比，來作思考的切入點。其中，強調「現代」在發展進程中，如何與歷史銜接及轉化的重要性，因為「革命」容有煙花的效果，「迴轉」或是與歷史接續的真正方式。

貝聿銘在普立茲克獎的歷屆得主裡，因為身分與生涯的雙重特殊性，是身處在現代性複雜與矛盾的代表者。當我們從約四十位得獎者選擇評論對象時，最後決定捨棄了貝聿銘，現在想來其實有些遺憾，因為他一生顯現的猶豫與難決，或就是整個百年來現代建築的最真實處境。

散步路徑三　一個文明的黃昏

畢業

這輩子究竟畢業了幾次，真的還得扳手指頭計算一下。

幼稚園的畢業典禮時，忽然被叫上台去，領了個縣長獎還是什麼的，並沒有特別欣喜的感覺，反而覺得有些莫名其妙地不舒服。果然餘生的所有畢業典禮，就是只能在台下看別人輪流上台去領獎，也完全沒有什麼羨慕的心情，覺得像是在看一齣有些無趣的老劇碼。

現在偶爾會被找去對即將畢業的學生說話，他們清澄也迷惘的眼神裡，似乎有些期待能聽到什麼對未來的預告與破解，讓我說話特別要結巴與困頓。我自己到了大學與研究所的畢業前，其實反而特別惶然不安，主要是不知道再來就要去面對的那個江湖，究竟是有多麼險惡呢？而且，像我這樣瞎混練就的半吊子功夫，會不會一下子就露底出糗了呢？

真的入到了江湖，才漸漸發覺本來學校教育的目的，就不當是如職業訓練班，只想要能與社會技能的要求無縫接軌。因為，學校教的本當是基本的拳法功夫，其他的許多更複雜的技巧，必須伴隨著真實的情境去磨練，也就是必須邊做邊學的概念。

學校教育的價值，更在於健全一個人的品質，譬如善良、公正、勤奮、擁有理想和夢想的心智。這並不是教你如何能短跑衝刺般的與人競技飆速，反而是要讓你能有如長跑選手般，有著堅定的目標與意志，並能自我調整好呼吸的節奏與韻律，不管遇到怎樣的挑戰與困難，都能平和也堅毅地繼續向前。

也就是說，我現在對畢業生的期許，就是更放在自我心性與品質的鍛鍊上，專業技能並不是不重要，但如果長遠來看一個人，我還是寧取前者多於後者的。因為，大半職場是既現實也急功近利，如果無法堅定地與之對抗，並能在其中維持自己的良善初衷，耗損與沉淪必是日常的戲碼。

但是，我回想自己過往的畢業心情，雖然大半其實是沉重與憂心，現在想來也覺得有些過度杞人憂天。也就是說，江湖確實險惡難測，但是人的意志與善良，卻可以令人驚訝地開路闢徑，並因此得到意外的支持與幫助。

如果學生問我畢業的事情，我會說：要善良、公正、勤奮、擁有理想和夢想的心智，祝福你們！

同學會

接到小學同學會的聯繫信，號召一起返校慶祝畢業五十週年，當下的感覺是有些驚訝，一時間也讓我遲疑是否當去參與。我小時候極端害羞不語，在轉學到台北這間小學之前，已在屏東潮州念到四年級，印象中那時同班的同學，就大約有一半還是很生疏，經常說話來往的沒幾個人。

來到台北成了轉學生，不安的陌生感加劇，格格不入益發明顯，現在回看都不免難受。但是，我很快發覺新學校的不同，首先外省小孩特別多，活潑開朗也能說善道，與之前小學的木訥，有極大的反差；課程與教學多元靈活，尤其重視體育與美術教學，課外活動豐富自主，包括有學生的廣播電台，有全校學生市長模擬選舉，政見發表有聲有色，還開設郵局人人有帳戶等，儼然將學生視同獨立自主的成年人，提供一個教學用的雛形社會，鼓勵人人親身去參與，人生現實感飽滿充足。

作為個性內向的轉學生，我入境隨俗地參與其中，也強烈地感覺到當年城鄉教育的巨大差異，恍然有如兩個不同的世界，自己在受益之餘，不免想著若當年沒有轉學台北，人生是否會不同的問題。後來又見到有人寄來全班的畢業合照，重新瀏覽一個個模糊的面孔，許多斷斷續續的記憶，也一一被召喚出來。

小學畢業後，並沒有繼續與任何同學聯繫，半是自己的個性閉鎖，也是因為當時同學分住城市各處，放學後四散分走，沒有同樣鄰里社區關係作串聯。這次重看同屆的聯絡名單，極大比例已定居美國，似乎可以閱讀出一個隱約的族群在時代裡移動的軌跡。

對於是否參加同學會，我依舊躊躇不定，畢竟對於未曾真正融入的群體，隔了五十年後重新再相會，我有些奇怪的不安，也不太知道自己究竟要如何應對。這其實讓我不免有些內疚，尤其看到電影或新聞裡，別人在久別重逢後，能那樣激情地互擁敍舊，就更讓我恍如見到自己幼時的生疏怪異。

其實，除去這些已屆退休之齡的同學，我更想見到的是那一排漏雨的木造教室，有人跑經過時，那沉沉的地板反響聲音，還有圍牆邊一個古怪的防空洞，就像這樣一些瑣碎也已消失的事物，有時才是餘音繚繞的小學私記憶。

打小孩

打小孩如今變成不文明的行為，是我小時候怎樣都料想不到的事情。

小時候住父親工作單位的宿舍，兩層樓裡共九戶人家，炊煙和雞犬當然都相聞，而誰家正在打小孩，更是歷歷如臨現場。那年代家家都子女成群，本來就容易爭端不斷，而處理的最後法寶，自然就是挨打聲與哭喊聲齊揚的場面。若有一家打小孩正激烈，基本上全樓都會屏息傾聽，透過哀嚎與責罵的過程話語，判斷究竟爭端何在，以及該不該及時出面勸阻。

家裡打小孩理直氣壯，學校更是不遑多讓。我上小學那時，還有初中聯招，兄姊們上學如臨大敵，幸好我終於搭上九年國教的車，體罰藉口少了大半。但是這種教育法積習已久，我看過罰跪、跑操場、舉椅子和挨打手心或屁股，落難者經常卻是同樣一群人，像是用來給那些上進者，做殺雞儆猴效用的犧牲品。

小學六年級時，住在永和竹林路的小弄子裡，雖然家家獨門獨戶，還是可以聽到隔圍牆的鄰家，每晚傳來那個母親在浴室為獨生女兒洗澡時，鞭打責罵著的哭喊聲。但是，各家卻都不插手多語，只有在小孩間傳說著那個皮膚白皙的女孩，根本就是領養來的奇怪耳語。

教養也罷、升學也罷、養女也罷，好像給了想打小孩的人什麼正當的名目，可以理所當然地如此作為。我們家幸好不打小孩，父親心軟母親嫌麻煩，頂多是母親反覆講同個警世故事，說某個被寵愛過頭的小孩，長大果然犯了滔天大罪，處決前要求見母親一面，希望再吸一口母奶，以謝養育之恩，卻一口咬下奶頭，說就是母親當初不教不養，才會今日至此。

我已經很久沒有聽到鄰居傳出打小孩的聲音了，偶爾會聽到的，是夫妻反目的對罵聲音，還好通常沒有接連下去的對打狀態。也許因為大家現在都文明了，也少見到有人在電視上哭著感謝當年父母的打罵，說不然自己哪有今日成就的驚人場面。

教養小孩的確是一種責任，也是一種可怕的權力，這在華人社會尤其被誇大地鼓勵橫行。我雖沒有生養小孩，但是也當老師多年，光是想到揚鞭打人這件事，我自己就會寒毛直豎，並慶幸教育終於可以不用搭配鞭子了呢！

救救孩子吧

幾年前我曾經推薦過一本名為《路上觀察學入門》的書籍，這是由在此領域赫赫有名的赤瀨川原平、藤森照信、南伸坊，三人在一九八五年合編的路上觀察（又稱考現學）經典書籍，也讓日本掀起一股「路上觀察」風潮。

所謂的「路上觀察」，顧名思義，就是在「路上」進行「觀察」，也是強調在人們日常的現實中，其實蘊藏著豐富的各樣內容，如何透過觀察者的目光與參與，從中梳理出可以自我成長與發人省思的事物，挑戰知識必然抽象、遠方，以及與生活不相干的觀念。

我在大學教書二十多年的經驗，確實感覺到許多知識，完全難以和日常生活作連結，也就是說，日常生活的經驗與知識，經常得不到教育者的尊敬，這當然也隱約反應了「萬般皆下品，唯有讀書高」的傳統價值觀。

我記得在國中時，工藝課必須完成一個木工盒子，父親無意中發現我在製作，竟然直接拿去給他辦公室的木工處理，並交還我一個明顯太過精細的木盒成品，讓我覺得心虛不已。父親所以會這樣做，當然是受制於聯考的制度，他明白唯有得到考試高分，而非能理解與應對現實生活，才是我的「生存」之道。

我現在看孩童放學後，立刻就要去課輔班或補習班上課，還是會覺得很遺憾，也清楚許多先進國家的孩童，不用這樣單一性的填鴨教育，依舊能造就出全面也優秀的成人。我們的教育主事者，似乎相信上課與考試，就是保證學習的唯一方法，因此大學每學期上課十八週，也遙遙領先其他國家，然而我們的大學生並沒有因此更優秀，反而只是把師生關在教室裡，搞得所有人都疲憊不堪而已。

我也看到越來越多父母，不願讓自己的孩子進入這樣偏狹的教育系統裡，而寧願選擇自學或到另類學校就讀，但這畢竟只是少數有心與有能力家庭的作法，大半的家庭依舊無力脫離這樣制式的教育系統。

早在一九一八年，魯迅就對封建體制的教育殘害，藉由《狂人日記》來向社會發出：「救救孩子」的吶喊，然而一個世紀下來，幽靈病狀卻是猶在存在。所以必須提倡「路上觀察學」，只是期望能承認現實與生活的價值，而「救救孩子」的真切呼喚，可能才是更該嚴肅面對的真正事情。

愛哭的男人

看到新聞說北京有一所專門「打造男子漢」的學校，目的是要保證男孩不會成為娘娘腔的男人：「男子漢的定義就是：愛好運動、能戰能勝，不怕風不怕雨。……在我們這裡，絕對不會培育出娘娘腔。」

老實說，這則新聞讓我看得毛骨悚然也啼笑皆非，卻其實也似乎能理解這所學校與這些家長的焦慮何在。我自己就曾經是在「男孩子不能哭」的社會環境下長大，也親眼見到在這樣以男性陽剛為尚的氛圍下，多少不幸的男孩們，因此在明的暗的飽受各樣霸凌羞辱的事實。

男人所以必須陽剛好鬥，與社會對男性角色的期待，自然有著密切的關係。過往的男人必須重勞動的狩獵農耕，兼及以身體保家衛國，在在挑戰著一個人的體魄堅毅，有其過往時代環境的必然性。

工業化社會瓦解了這樣性別二元的牢籠，也實質地證明了性別根本不是區分人類社會角色的基本方法。也就是說，儘管人的自然角色有異，但是由於社會對人的多樣期待，已然超越性別的單一框架，不再會以社會角色來等同性別角色，也不再將人集體規範與定義，讓個體有聲張自我的可能。

這是現代社會重要的改變，就是讓人可以脫離性別角色的框綁，可以更自在與自由地依照本性過活。因此，我們可以在電影院看到為劇情流淚的男人，可以在酒吧看到失戀嚎啕大哭的男人，可以看到男性候選人在選舉時，當眾飆淚居然反而有利選情。

是的，男人可以勇於表達真實的情緒，因此可以哭泣可以哀傷，社會可能才比較健康和諧一些。這個報導還說：「當課堂上有男孩哭的時候——其實這是一件很正常的事，有些學生根本不到六歲——他們只會被訓斥要堅強，不能哭，你要成為真正勇敢的男子漢。」

嗚呼哀哉，多麼沉重也壓迫人的教育啊！尤其成為一個所謂的男子漢，可能只是在國族主義的短暫目的下，把人模式化的製作成可利用的工具，意圖抹去的是人的本質差異，想要稱頌的是無自我意識的共同軀體。

回頭來看台灣社會的教育與觀念，不管對於個體生命的尊重，對於多元差異的推崇，都相對顯現出令人敬佩的成熟度。這絕對是台灣小孩的幸福，也是整體社會的光榮！

無用的爸媽

「世界人口綜述（World Population Review）」指出台灣生育率在二百個國家中排名最後，平均每名婦女生1.218名孩子。東亞鄰居的新加坡、南韓、香港與澳門，都排在倒數十名裡，日本不遑多讓也排在一百七十九名。

政府視此現象為天災人禍，擔心的是生產力結構的失衡，撫養者將無法支撐被撫養者的問題。因此，重點放在鼓勵年輕夫妻生育的獎勵措施，從生育津貼、產假、育嬰假，到育幼教育的補貼，宣導第一里路的誘因，暗示只要能勸人願意生下小孩，其他問題自然迎刃而解。

然而最關鍵的問題，往往卻是存在後面的九十九里，甚至就是最後的一里路。因為，如果無限上綱地把親子關係，單一放到「父慈子孝、兄友弟恭」的必然裡，完全忽視親人（尤其父母與子女）間，確實存在著現實面的依存關係，可能就太一廂情願也迴避問題了。

基本上，支撐華人社會穩定的儒家倫理學，是建立在以家族及土地為根本的農業社會結構上，其中世代承傳與階級關係清晰嚴明，除了必然的親情連結之外，家庭制度與繼承利益的緊密搭配，以及農業社會對同家族勞動力（尤其是男性）的強烈需求，促成了這行之多年「多子多福」的家庭結構。

百年來社會結構劇變，社會既有形貌瓦解，依附其上的價值觀，也同受衝擊及挑戰。缺乏田地承傳與群聚效應的家族系統，固有的地位與意義自然隨之動搖，不僅親子的價值與信仰有落差，父母不但無法延續過往人生指導者的必然角色，還往往要落入不合時宜的被嫌棄狀態。

尤其從後工業社會進入資訊時代，這現象益發顯得明顯，知識與技術的迅速汰換、生存競爭的白熱化，每個人都成了生存戰場上的單獨個體，家族親情難以派上用場，單兵作戰已是常態。由是，養兒防老淪為傳說，能夠不成為兒女未來的負擔（變成累贅無用的爸媽），才是必須面對的真正現實。

目前的生育獎勵措施，暗示著頭過身就過的幸福預言，確實有些不切實際。反而，要能看清權力結構與社會現實的變動，破解互為資產與負擔的利益關係，讓子女不是僅可用來防老，父母也不必淪為無用的人，生養子女回歸生命的本質意義，可能才是需要的務實態度吧！

夜台北

剛在台北中山北路街區落幕的白晝之夜，據報導共辦了七十場演出，還有四十三處的夜間藝術裝置活動，大約吸引了四十萬台北市民參與。讓台北有一個週末夜可以完全不打烊，捷運列車也貼心陪伴穿梭到天亮，台北人終於得以正當也開心地一夜未眠。

儘管台北早就是世界上最安全的城市，但是夜間的活動卻相對稀少，因為在政府與一般人的觀念裡，喜歡在夜裡流連出沒的人，應該都不是什麼善類好人。當然，許多人對於戒嚴時期似乎規定深夜不得隨便出入公共場所活動的記憶猶在，社會也十分習慣在一種集體的規範制約下生活，讓台北雖然想要成為多元精采的現代城市，其實目前所顯現的面貌，依舊不夠多樣與豐富。

大約十年前我就曾在餐聚後，朋友順道送我到民權東路與光復北路口，準備改攔計程車回東湖，忽然就有警察騎摩托車停下來，不客氣問說：「這麼晚了，你在這裡幹麼？」並要求我拿出身分證查驗。我不情願但想息事寧人，只是心想現在也才十二點，又已經說明我正在等計程車了，居然還要擺出威嚇的警告姿態來。

前兩年高中同學從美國回來，老同學約在羅斯福路的小酒吧敍舊，忽然幾個警察進門來，要求所有客人查驗身分證，我有些不高興地問年輕警員說：「可以拒絕你們的查驗嗎？」他迴避地說：「如果沒帶身分證的話，你就報一下身分證字號也好。」看氣氛有些僵，我的同學緊張地一直對我擠眼睛，好像深怕我惹了什麼禍似的。

我知道警員素質越來越好，而且值勤是為了「維護市民安全」，並且針對的是「少數的壞人」，但是到底安全是什麼？壞人又是什麼？可能就有得討論了。我樂見政府提倡類同白晝之夜的活動，但更希望在心態上調整，真正能「讓公民開心無慮在夜裡出入公共空間參與各種活動」，而不只是在表象上應和一個所謂的國際活動而已。

城市的能否多元與精采，不是光靠硬體可以建構完成的，而更在於社會活動與個體差異的是否層次豐富。政府永遠無法提供真正的豐富性，但是卻可以透過法規與心態的調整，讓更多白天與主流之外的美麗，得以自在地生長顯現。

偷情

太陽底下無新事，可是照樣日日新聞滿檔。仔細看去，真正的天下大事並不多，也許是離人間日常鼻息越來越遠，漸漸失去魅力冠冕。反而其他八卦新聞，譬如偷情、抓姦，甚至分屍情殺，更要來源不斷瘋狂吸睛，反而成了最上相的新聞。

偷情和抓姦要上新聞，大抵非得是名人才行，至於分屍情殺的血腥度足夠，就不用名人出手，人人皆可一夜躍登頭條。然而，在世風日下人心不古、連摩鐵都有五星級服務的年代，究竟要怎樣看待偷情這件事情呢？

我小時候看過新婚不久的戀人，因為懷疑妻子偷情，那個帥氣十足的丈夫，竟拿著菜刀從我眼前風聲鶴唳地追逐而過，可怕景象依舊歷歷在目。前不久，一個年輕的女性朋友，也還夜半哭訴男友在海外偷腥，那一時間裡彷彿哀痛欲絕，令人為她的痴情憐惜。

不管道德倫理如何規範，似乎偷情自古就有，也男女均半，有時明目張膽，有時隱晦小心，但大抵是淵遠也流長的必然存在。譬如，光看《聖經》裡被石頭打死的淫亂女人故事，或是中國鄉村裡猶可見到的貞節牌坊，都在在提醒我們偷情的無所不在，以及譴責與懲罰的凶狠到位。

若是真要問我如何看待偷情這回事，以我的個性必是會冷淡看待的。其一是這本是生理的衝動，與吃喝拉撒沒有多大差異，不用無限上綱地誇張成應該切腹上吊什麼的，但若是因為始於偷情，然後涉及愛情及家庭的問題，當然就會牽扯到倫理或道德的議題去。

台灣社會是少數仍然對配偶的偷情對象定罪的地方，此外也沒有公娼存在，基本上是堅決反對任何明的或暗的偷情。更直接地講，是不承認情欲流動的本性，也認定傳統一夫一妻的家庭體制，是唯一可以信賴與支撐的社會結構。

我雖然並不贊成偷情，但是我覺得每一個關係與感情，自是不相同的，應當讓當事者有決定與負責的空間，也許藉此能更真實地面對人的本性與社會的現實，所可能存在的各種主客觀差異。所以，先不要道貌岸然地鄙視情欲，讓愛與情欲得以在寬大包容的社會體制下流動，包括允許更為開放與自主的家庭關係定義，讓社會與人都更健康一些吧！

小政府與大保母

全球的政局動盪，民族主義與宗教團體的極端勢力崛起，各國政府手忙腳亂，甚至讓二十世紀最引以自傲的民主政體，有著動輒得咎與根基動搖的現象，主政者究竟當如何自我角色定位，成了必須認真思考的問題。

首先，以為肩負民意選票所託，就必須擔起所有權責的「全能政府」思維，也許已經不必然存在。事實上，許多政府目前所身陷的困境，正源自於他們執意扮演大政府的角色，對於社會衍生的各種無底線的需求與問題，都想一概（為了選票）去承諾解決，卻又無力真正承擔後果（包括因社會多元分歧化的對立），因而產生循環矛盾惡夢。

政府與民間的矛盾及對立，越來越深也難以化解，施政屢屢陷入兩面不討好的困境。在這樣共識分歧的年代，也許需要拋掉大政府的英雄姿態，承認自身的局限與不足，敞開胸懷與社會各種資源結合，一起挑戰與解決公共的社會問題。

譬如資本企業與社會公義之間的長期矛盾與爭議，關鍵處就是必須由企業界、非營利單位及學術界共同參與，以能有效整合多樣的資訊與利益差異，不論是志工時間、群眾集資能力、國際大型企業的技術與資本、慈善基金等，讓企業發展與社會議題合一討論共生共利。

政府角色的適當退守，與民間力量的共同參與，還會需要有如保母般中介者的成長興起。這樣的中介者，是連結政府與民間的各種平台及網絡系統，態度上必須比政府更機動也靈活，應對全局時也要比民間更宏觀周全，是民間與政府意見上的謀合機制，也是推動政策時的多元游擊力量。

此外，全球經濟變幻莫測，政府預測機制已然出現失靈警訊。計畫經濟體系面對破產的壓力，在「上而下」與「下而上」間的擺盪，政府控管的是否有效與必要，以及民間生存本能的力道間，如何藉由第三方的協作機制，產生互補短長的效益，是需要重新衡量思考的。

小政府與大保母，其實只是操作面的問題，可以不斷地作修正與破解。重點還是在於政府看清自身的角色意義，能透過靈活釋放決策與執行的權力，讓民間分歧卻多元的參與活力，真正成為社會的共有資源，而非彼此對立的禍害。

同志結婚後

台灣通過同志婚姻合法化，儘管社會依舊有不同的意見與擔憂，但是從人類文明前行的整體大方向來看，台灣政府對同志人權的法律認定，無疑是台灣公民社會進步的一個重大證明。

同志所以需要婚姻權，並不是說婚姻法是唯一完美的關係法，而是因為這是當下唯一能保障伴侶關係的法律。整個社會對伴侶關係的福利與保障，基本上是環繞著婚姻關係運作，如果沒有透過婚姻法的承認或保障，基本上意味會被社會的基本權利與福利排除在外。

所謂的婚姻法，本質是在強力維護所謂「家庭」的觀念，也就是要優先確保生活在傳統家庭系統下的人，不至於被其他「非婚姻」與「非家庭」關係的人，在各種利益及權利上干擾或剝奪。

這思維除了強烈獨厚目前的婚姻制度，也嚴重忽略其他關係者的基本權利，其中最弔詭的，是為何不是生而為人即可享受平等權利，而必須要先有婚姻，而後才有某些法律與福利保障？

透過婚姻關係建立的家庭結構，在農業社會有其重要的核心意義，這與其高度依賴農村密集勞動力與土地財產分配息息相關。在傳統的農業社會裡，私下想脫離自身所屬家庭／家族結構的人，是很難被其他家族系統接納，而且這也意味著必會成為游離局外人的悲慘身分。

現代社會以工業及都會為運作主體，與傳統環繞農地及祠堂的生態已然迥異，游牧、個體與自由是時代趨勢，婚姻、子女與家族的層層環護，反而有時會形成牽絆及累贅，譬如伴侶方的親友涉入生活與情緒的干擾，或是過度以父權為中心思維模式的排他性格，這可從年輕世代對步入婚姻與生養子女的遲疑，見出些許端倪。

同志得以享受婚姻法的權利與保障，絕對值得大喜大賀，但更重要的是認真思考婚姻法的本質與意義，尤其對其不合人性與時代價值的條文，譬如已在申請釋憲審理中的通姦除罪化，或是隱性懲罰單身／不婚／不生者的條文，做出認真的審視與修正。

也就是說，不該理所當然將婚姻關係直接等同福利／權利，接受社會多元變化的現狀，提供符合每一個個體的伴侶關係法，可能更是同志終於得以結婚後，後續可以認真思考的議題。

上大學，為什麼？

教育部發布了數據，顯示台灣連續兩年大學生休退學人數超過九萬，也就是平均每四個大學生，就有一人休退學。對於已經因少子化焦慮不已的許多大學，學生竟然頻頻半途選擇離校放棄就學，當然更是雪上加霜的噩耗。

目前教育部與許多大學的作法，是積極強化大學教育與職場的更密切連結，也就是把大學教育與技職教育結合，以提高就業率作為改善教育的號召。這其中問題很多，首先完全忽視了大學教育的核心意義，尤其把人文社會類的教育脈絡，強加套入比較以技術作導向的理工教育模式，因此只是讓大學為何存在的意義，更加讓人覺得困惑混亂。

其實以現存產業作為目標的教育，在職業類別與專業需求快速變異的當下時代，本來就不是有遠見與健康的態度，因為這樣的教育模式，會過度強調立即可兌現的技術，忽略人的整體價值鍛鍊的重要。也就是說，大學除了在專業的訓練之外，更重要的是培養可以因應未來各樣變化的全人能力，這包括邏輯訓練、獨立思考、團隊合作，以及人格、社交、道德、基本知識等的自我培育。

若是只想強調專業的知識與技術面，電腦教學就可以取代掉大半大學教育，沒有非上大學不可的必然性。大學所以不可被電腦替代，是大學教授所建立的身教，因為教授並不僅是一具知識傳授的機器，還更必須是一個代表真理的知識分子，一個能遵循愛因斯坦所說「追求真理比擁有真理更珍貴」的個體，而非工具實用主義下的「無人格者」，或是經濟增長引擎裡的添火薪材。

大學教授放棄充當普遍真理的代表，淪為特定專業群體或利益身分的代言人，已是十分清晰可見的事實。英國社會學者富里迪（**Frank Furedi**）在《知識分子都到哪裡去了》（*Where Have All the Intellectuals Gone*）裡，沉重抨擊平庸主義的瀰漫，以及知識分子對自我角色的撤守與投降。

富里迪寫著：「我們中的一些人已經積極地從內心裡接受文化媚俗政治，而其他人通過不情願地服從機構的要求，也找到了一種輕鬆的生活。」指出大學教育的敗壞，並不在於少子化，可能更是根植於大學教授的甘心弱智化，與對知識分子角色的自我棄守。

所以，當然要問：上大學，為什麼？

多情與專情

人是矛盾的動物，遇到感情事，更是經常自亂章法無可理喻。譬如人人羨慕風流倜儻的多情種子唐璜，更恨不得對方慧眼獨具鍾情自己，心裡卻又是很清楚明白，雖不愛身邊單一無趣的呆頭鵝，但也不想承擔唐璜那風流必然多情的不可測危險。

這樣既愛戀著多情種子又想安身在單一穩定裡的矛盾，不只是古今皆然，其實在人生的其他面向裡，一樣可以見識得到。好比現在蔚為風潮的跨領域學習，儼然集三千寵愛於一身，然而教育部不斷鼓吹推廣，能夠真正呼應改變的大學，其實幾乎難見不可尋。

原因就是戰後的台灣大學教育，有強烈以分科的專精訓練，意圖回應全球化生產鏈分工系統的需求，訓練菁英能成為生產線上的可用螺絲釘，因而得以分食作為效忠者的尾端利益。也就是說，台灣大學教育早已習慣了專情的好處。

但這樣專情的態度，以為必然可維持長長久久的假設，還是終於要發覺權力擁有者（風流者）的難預料，譬如作為下游供應者只能被選擇的命運，以及隨時會被其他競爭者所替代的不確定性，説明了多情與專情角色的各有所屬。

放棄成為一個被長期訂貨的螺絲釘，有如被長久拘禁的奴隸，忽然發覺必須自尋生路，初始必然心生恐慌。但是，人人皆知唯有成為一個完全自由、也具有獨立意志的人，才是能面對未來命運挑戰的完整體。

那麼，為何台灣的大學，會無法從過往的專情者轉而成為多情者呢？源頭可能還是在教育部。儘管念茲在茲大談跨領域教育的重要，然而一整套對大學的嚴密控管，包括學費、薪資、聘任老師的制式化規範，加上系所方向與課程結構老化，想整體調整的送審複雜，讓系所都動彈不得，自然選擇以表面功夫的敷衍，來應對這樣自以為必會達成的目標。

全球產業面對巨大轉型的變革，多元創意與獨立思考能力的新世代，可能是台灣能否有實力迎接挑戰的關鍵。至於，究竟要繼續作為被選擇的專情者，或是有機會以主動的多情者姿態出現，也許並無必然正確的答案可循。能做的，也許先還原大學與系所自治的權力，讓教育者可以選擇多情或專情，並有機會接地氣地面對社會現實。

自學的年代

學期接近尾聲，畢業潮已然湧現，其中最焦慮的，應屬大半會直接邁入社會的大學畢業生了。回想自己四十年前畢業時，心裡也是慌亂無序，因為即使辛苦念了五年的建築系，但完全明白自己對於這個專業，還是盲人摸象的懵懂狀態。

之後，就算去美國念了個碩士學位，一開始工作的時候，依舊是跌跌撞撞地摸著石頭過河，有點半靠運氣、半靠歷練地摸索學習。在這樣的過程裡，不免也會懷疑學校教育的意義，以及詫異其與現實差距的巨大，不理解其中的究竟原委。

現在當了幾十年大學老師，回頭再看這一切，尤其見到此刻大學面臨的困境，於是要求畢業生必須具備職場即戰力的呼聲，隨之水漲船高地四處環繞，特別有感慨。

我當初大學必修的學分極多，幾乎所有的專業知識全都在內，琳瑯滿目多到有些嚇人。這樣近乎搪塞的教育，似乎該百藝俱全，其實卻是囫圇吞棗一知半解，尤其知識與課程的過度分類，造成學習的片段與分裂，現在想來其實危害不小。

所有的學習都必須在知識整體與技術細節間，反覆地出入省思，正因為知道整體形貌為何，細節才有存在的合理意義。這也是目前有逐漸放棄分類教育模式，而鼓勵課題導向的原因，其中強調的是思辨、推演與解決能力的建立，以及能夠合作與連貫結合的重要。

尤其，知識的湧現與轉換迅速難測，各樣跨領域知識的要求，更是層出不窮，學校能傳授的不只有限，也絕對不再是標準答案。職場新鮮人無法帶著標準答案出社會，而是要獨立去尋求答案，也就是可以與時俱進地自我學習，以應付各種多變的挑戰。

基本上，這是一個自學的年代，不斷學習是競爭的基礎，網路為這樣的時代提供理想的平台。大學要理解自己角色的意義與局限，與其堅持全部的教育目標，是要訓練一個立即可用的工作體，不如更宏觀地培養長遠的續航力，而不是訓練一個可能會用之即棄的工具人。

我樂觀看待自學時代的來臨，這不僅在教育體制的局限裡，可以找到解脫的機會，教育的公平與不均，也有辦法得到平衡。因為，我深信自學才是未來教育的王道，也是競爭的真正分歧點！

神奇的退稅

我不喜歡納稅，但也明白這是難以避免的必要之惡，能做的就是小心被政府假借名目加稅而已。而且，我報稅一向簡單，因為單身無撫養無特別的減免項目，就是年年主動去給拔一次毛。

後來，不小心攪進有點複雜的稅務狀態，緣由是我有一個小公寓，租給一位無業單親媽媽的弱勢家庭十多年（母親輕度智障，三個女兒中一個中度一個輕度智障），當時大樓管委會主委及鄰居都分別來電，勸我不要租給這一家人，當下被我嚴厲譴責回去。

我完全理解他們「善意」來電的原因，首先這樣的租戶財務不可靠，會衍生的各樣社會問題也難以預料，甚至還要波及到整棟大樓的整體房價市場。然而，這位母親從來沒有晚一天房租，還主動表示願意多加租金，與鄰居也相安無事，是令人感到安心的房客。

幾年後，政府有了鼓勵公益出租的政策（就是鼓勵房東租房給弱勢者，然後減少房屋稅），另外也會補助弱勢家庭房租津貼。但是，經由社會局的主動通報國稅局後，居然查稅要我補繳過去房租的稅金，我摸摸鼻子只能認了。之後，社會局發函要我去申請減收房屋稅，卻發現程序極麻煩，好像要跑都發局、社會局及國稅局，而且一年只是省下一千多。更扯的是只要租約更新，就得重跑一次，我後來就放棄不申請了。

這樣的政策想施惠弱勢者，也同時略施小惠給房東，卻反而製造對應者（譬如房東）的許多不便。我對國稅局承辦人抱怨：「在你們市政府的局處檔案間，相互連線就可以查證的事情，卻偏要不熟悉程序的小市民，千辛萬苦奔波解決，也太不合理了吧！」對方只是回答說，這種事情我們管不到。

前不久，收到國稅局的雙掛號信，冷汗直流以為欠什麼稅，居然是政府主動把前幾年被我放棄的減免（還新增了地價稅減半），一起計算好主動退稅給我。意外之餘，我打電話再問國稅局承辦人緣由，他表示現在不需由房東跑程序，社會局會主動作認定。

政府這樣的積極作為，當然值得讚許，尤其社會公益的完整面，民間的能否主動參與，絕對是成敗的關鍵所在。政府要承擔起制度面的完善制訂，讓願意關愛他者的市民，可以輕鬆也有保障地參與公益活動。譬如若想要幫助弱勢者順利租屋，除了單純補貼對方房租外，考慮出租者的意願與方便，可能更是不可輕忽的成敗重點。

社會公益不僅是政府預算編列多寡的問題，而是必須在良善制度的規畫下，能夠讓公民的善意與良知，順利地被誘導與啟動，使這樣利人利己的思維模式，能藉此真正地建立。

和誰去荒島生活

看到網路上討論想和誰去孤島生活，覺得有趣也有挑戰。以前也曾經被雜誌問過如果一人去荒島生活，會想要帶哪一本書作伴，當時我選了《聖經》，不是我對宗教痴迷，而是考慮漫漫獨自的生活，最好選本能耐久讀的書，而且我恰好當時也對神學感興趣。

選書已經不容易，選人則是難上加難。因為書要看膩了，就丟一旁去，人要相處厭煩了，想要假裝視而不見，未必由得了自己。這其實和結伴去旅行有點像，當發覺兩人變成唇齒相依，必須二十四小時連線牽引互動，就會明白各自的缺點，忽然都被放大十倍，而深深體會到朝暮相處的其實不容易。

我看日本有做過夫妻離婚率的研究資料，其中忽然飆高的一個時間點，竟然是在老公正式退休之後。原本以為可以舉案齊眉地一起過日子，沒想到妻子無法忍受這樣整日見到老公的生活，反而訴請離婚，以獲得某種自由的獨自空間。

看來，相思確實比相處要甜蜜許多。

如果真的要選取一個人去荒島共同生活，確實有點像要選擇和誰一起進入婚姻契約關係裡，那樣忽然優缺點各均具的難以判斷。若是考慮現實面的話，最好能魚獵雙全，兼顧農耕採集，當然，如果會搭屋蓋房，加上又勤灑掃愛清潔的話，就更加完美無缺。

若是不談現實面，脾氣與修養當然十分重要。譬如最好知識淵博談吐非凡，就算每天聊天一千遍，也不會覺得厭煩，然後細心體貼應對得體，知道如何配合對方的情緒起伏，知所進退甚至懂得主動消失，另外如果長相宜人，還有迷人的幽默感，就更是保證絕對加分。

哈哈，如果真有這樣完美的人同行，應該就算是要下地獄，我也願意去。

況且，荒島不是伊甸園，四季如春蔬果無缺的傳説，只要聽聽就好，反而會咬人吃人的蛇獸，應該絕對不會少。所以現實看，最好兩人願意合心對抗，以免一不小心就成為荒島生態鏈的一頓美食。

究竟要和誰去孤島生活，真的比想像中難抉擇，因為我們對於人（尤其伴侶）的期待，其實十分山高水深。真要像上述那樣理性列出所有的條件，最後會入選同行的，可能就是只有ＡＩ機器人了吧！

小英讀書記

國際書展上，小英現身選書談書，引發政治人物群起效法，近日更有友人在表演廳，看見小英列身觀眾席。所以會如此悠閒，應該不是國事變輕鬆，而是小英想重建自我形象，意圖與民眾更直接作連結。

我想起小英當選時，有媒體邀各方提出期望想像，我以「讀一本書、看一場展演」，作為最卑微的小小期待。現在再回看特別莞爾，就重新整理如下，呼應此刻的小英新形象：

親愛的小英，我從未遇見過你，更別說有任何私下的交情來往。我覺得你是一個沉著篤定的人，願意傾聽也善於觀察，能夠維持與群體間的適當距離，因而有著獨立清晰的性格。這些都是讓我欣賞的特質，更區劃出與過往政治人物煽情激動的差異，讓我有著特別的期待。

你現在必須汲汲營營應對的事情，應當是來自與外界他者的日日交鋒輸贏，一步不能失敗更不能退讓。但是，在全球縱橫詭譎的現實下，台灣作為一個現實體，難免被拿來衡量輕重與待價而沽，因而自身價值何在，也因此搖晃難明。

是的，我在想能否另外建立起這樣現實外的價值，讓台灣人積累作為一個人的本體與外在意義，譬如藉著有普世價值的文化特色，而得到他者真正的尊敬，並確立起自身的價值與意義。

就以文學與建築這兩個我熟悉的領域來講，一個是對於人的內在狀態的培養，一個則是外在生活環境的塑造，都是在提供一種相對良善的狀態，讓人的生命與生活品質，可以得到更好的照顧。這與前述在當下競爭現實下，如何求取在政治或經濟的利基點，看似矛盾也相排斥，但其實一個是在求鋒利有效，一個則要求敦厚實耐，有其互為因果的必要。

親愛的小英，希望你能夠帶頭一個月閱讀一本書、參與一場文化活動，然後誠懇與國民分享心得感想，並且鼓勵內閣成員一起這樣做，不要以為頭埋在深深的公文堆裡，勞心勞力地頻頻看報表績效，就是盡己認真的成功領導者。

是的，要能身體力行面對生命的根本修養，不把這樣的事情當成裝飾或宣傳，相信這些看似無用的小作為，就是不可或缺的生命價值，以及終於會被世界尊敬的光亮所在。

山之音

前幾天因為一個機緣，去到了苗栗一個以老式遊樂園為基地，所進行一連串友善土地的實驗改造計畫。這個活動帶領著參加的人，以寧靜不打擾他者的姿態走入森林，行走間伴隨出現舞蹈、音樂、光線與料理，游移在人為空間與自然環境間，步步喚醒內在的感官知覺，同時聆聽大地的呼吸與脈動。

讓我最為感動的，是見到曾經被上一個世代顯得粗暴對待的山林，並且作為經濟爆發時宣洩出口的世俗遊樂園，現在能這樣重新被呵護地逐步修補起來。其中，可以清楚見到生命價值與追求的世代差異，也看到台灣人願意認知身邊自然土地的莊重態度，讓人覺得驕傲也樂觀。

所有參與的演出以及安排的空間或藝術裝置，都有著與山林對話的濃重儀式感，也就是會以著一種虔誠與恭敬的態度，進行雙方的聆聽以及對語。譬如其中一位日本籍的三昧琴藝術家——荒井康人，透過有如鉢音的柔和敲擊，與山林當下的微風、流水、蟬鳴、鳥叫融合一體，交織出「一期一會」的現場環境曲音。

台灣人生長在極其奧祕廣大的豐富山海之間，過往卻對於這樣的天賦幸福，不但幾乎毫無所感，甚至經常會粗暴對待。我在苗栗山林裡走著的時候，不覺會想起川端康成的小說《山之音》，在這部小說中，川端以他慣有的唯美詩意筆觸，細膩冷靜描繪戰後日本家庭的灰暗氛圍，將當時顯現的世相、困境與現實，不斷與他恍惚聽見的山音，做出生命意義的對照深思，讓小說迴繞在難言無解的悲哀愁緒中，小說的敍述十分緩慢卻迷人，大約這樣說著的：「在鎌倉的山澗深處，夜裡會聽見濤聲般的山音。已過耳順之年的信吾，冷靜地辨認這究竟是風聲？海濤聲？還是耳鳴？然而，他確實聽見了山音，會恍如魔鬼鳴山而過。」

這趟出乎我意料之外的入山行旅，讓我體會到人與自然間，必須有相敬如賓的莊重態度，以及對語時不可或缺儀式空間的必須存在。而這樣的儀式空間，必然要有著神聖也肅穆的氣息，讓坦誠的心靈得以自在流動，相互無瑕地融入交語，並且因此能聽到那有如濤聲的山音，終於會恍如魔鬼般對生命鳴叫而過。

白先勇與《孽子》

在同志婚姻即將上場的此刻，重看白先勇大約寫於四十年前，以六〇年代台北為背景的同志小說《孽子》，特別有些感慨與欣慰。

《孽子》最核心的話語，是阿青探視臨終母親時說：「母親一輩子都在逃亡、流浪、追尋……。」這樣的命運狀態描述，其實已超越了同志族群的生命情境，也涵蓋了書中流離來台的外省族群（那些失意悵然的軍官）、一些弱勢的本省籍女性（因社會結構而淪入風塵），以及無父母或生來殘障的弱勢孩童等，是對被整個時代所壓迫的受害者的狀態描述。

《孽子》裡的人物，所以必須逃亡、流浪，並追尋歸處，歸根究柢都與道德／道統有關。因為有了背德的標籤（譬如身為同性戀、或是生父不明的私生子、天生的身心殘缺等），才被「家」（通常是一個極端強勢並以道德為名的父權人物）所排拒，而

「不得不」開始這樣被流亡的命運。

張揚著道德大旗的一方，自然是以諸多元素來與「父權」在價值觀上做密切結合，譬如國族道統或宗教的不可違逆、異性戀的絕對正確性，或是對於原欲的壓抑等。小說的對抗也都環繞在父親與兒子間，因道德觀（尤其因同性戀的背德與羞辱）的重大歧異，致使父親／兒子的斷裂與對立，而且雖然彼此皆深深受苦，卻都脫離不了這困局。

白先勇完全明白這困局的所在，小說後段開始思索追尋與救贖的可能。因此在《孽子》裡，愛以三個層次逐步展現，先是親情的愛，然後是愛情，最後才是寬廣的人間愛。親情與愛情是《孽子》糾結的所在，許多角色（譬如阿青、龍子、傅老爺的兒子傅衛等）都是因為「不道德」的愛情，不得不失去與親情的連結，而終於流離失所。

《孽子》結局安排讓逐漸可以安頓自我身心的阿青，除夕夜重回蓮花池畔，意外發現初離家的少年羅平，毅然伸出了他的援手，讓看似樂觀的兩人，在無盡的暗夜裡，一起跑向未明的世界。

曾經長夜漫漫的悲觀同志命運，欣然迎向人間愛的台灣社會。

曾經顯得長夜漫漫的悲觀明日，如今見到欣然迎向人間愛的台灣社會，卓然去對抗那曾經吃人無數的禮教傳統。此刻重讀與回首，不能不為白先勇與《孽子》當年的勇敢，致上歡呼與感謝！

王大閎的文學夢

離世不久的王大閎先生，除了是台灣傳奇的現代建築大師，更以深厚豐富也多元的藝術學養為多方敬仰。其中，在建築界傳述長久、有濃厚烏托邦色彩的英文科幻小說《幻城》，尤其可作代表。

王大閎相信人的全面向可能，除了早年翻譯並改寫的王爾德小說《杜連魁》為人所知外，私下也繪畫、作曲及寫作。而這本久被期待的《幻城》，應該就是王大閎在建築之外，最衷心也在意的創作作品。

《幻城》是設定在三〇六九年的故事，九歲的迪諾王子被他統領地球的父親，送上一艘名為「梅杜沙」的太空船，開始一趟有如奧德賽般、不知終點究竟何在的探險／學習之旅。

迪諾有與他年齡相近、純真卻又思想成熟的同伴，一起在太空船學習與生活，也有成年的神父與學者隨行，以進行教育與對話，一切都顯得舒適、健康也完整。形而上的哲學與思辨，優美的音樂與藝術，不斷地流淌在日常的生活，幾乎像是某種對古希臘文明，形而上與形而下的意識，理性與感性的思維，得以在日常生活裡，自然交織的嚮往兼致意。

小說同時不斷反覆暗示著透過吃藥（科技產物的「追弗」）進入「可以控制的夢境」，與生命還可重返的「靈魂再世」（非理性的神祕力量），似乎提醒我們文明與樂園的此刻依舊徬徨狀態。

這小說也不免讓我們與王大閎極其特殊的成長經驗作聯想，譬如他在蘇州的童年經驗，十三歲被父親送到瑞士求學的過程，在建築領域如何登堂入室，以及之後的迴旋轉身，所帶引出來對生命意義與藝術本質的凝看，以及對人類文明終將何去何從的某種憂心。

終章時，迪諾王子「非常清醒，心中默默地想：原來藝術不但可以壟斷空間，也可以靜止時間。」似乎告訴我們：人類文明的無盡旅程，終點必須就是藝術，而並非科技或他者。

這樣直率篤定的答案，是否同時也回答了王大閎所以不放棄文學夢的原因？在他看似顯得順遂、卻其實並不能真正成就自己建築理想的生涯裡，可以見到王大閎藉由小說的書寫，闡述了他對人類文明更大的憧憬與期許，而這樣的想像與夢境，卻是他難在被權力籠罩下的現實，透過建築完成的理想境地。

戀者的難言之隱

有一次，我搭捷運立在一對貌美盛裝的情侶前，兩人眼波傳情顯然熱戀中，陶然自得目中無人。忽然兩人轉頭各自掩鼻，然後我聞到有屁味傳來，兩人肢體暗示事不干己，反而隱隱指涉我才是那個不道德者，但是只有我才知道，情侶中必有一人在說謊。

當下我只能接受這不白之冤，心裡暗暗希望他們戀情早日修成正果，因此日後要放屁或做其他難言之隱的事情時，可以不必再相互說謊，以維持永遠完美潔淨的形象，甚至還可免於波及我這樣的無辜第三者。

情侶何時才能真實與彼此相對，確實是個大問題。但這難題自古即有，立刻會想到的是國中時、偶然讀到姊姊書架上《查泰萊夫人的情人》，當下被震撼到差點在逼近的高中聯考，因而落榜的慘痛回憶。

這本書描寫一次戰後英國男爵夫人康妮，與森林守獵人梅樂士間，高度激情的靈肉關係，當然暗暗批判著當時英國的階級關係僵化、精神與肉體對立，以及工業社會與自然環境斷離的現狀。其中，對於上層階級的偽善做作，不能夠面對真實自我的虛假，完全不假情面地做出挑釁。

語言的露骨與性愛情節的絲毫不迴避，讓這本書出版的命運坎坷，雖然作者D·H·勞倫斯是英國人，一九二八年卻先以私印本在義大利現身，一九六〇年贏得官司才在英國出版，其他各國照樣碰壁連連，美國一九五八年前列為禁書，日本雖然一九五〇年出版，隔年即進入長達六年的訴訟期，最終譯者與出版商同被判罰鉅款。

這本書的真假盜印本四處橫流，影響既深遠也遼闊，對於人類究竟應當如何訂定欲望與道德的邊界，以及願意怎樣正視自己身體的本能需求，同樣提出強大的挑戰與異議。我現在重新翻閱這本文學經典時，甚至要自覺羞愧地反思：不管在文學高度或道德尺度，我們這時代真的有更超前那時代了嗎？

來感覺一下小說中康妮的自信與勇氣吧：「在這一個短短的夏夜裡，她理解了許多的事情。這夜之前，她幾乎相信女人會為羞恥而死，現在死去的卻是羞恥，因為羞恥只是恐懼罷了。在我們肉體的根底裡，深埋著那種對於官能的羞恥，那種傳自遠古的肉體恐懼，只有欲望的火才能驅走它。」

只能說：好威的康妮與D·H·勞倫斯啊！

魂斷威尼斯

如果有人對我說，他看完了我的小說，我通常覺得感激也敬佩。這是真話，因為我常常看不完別人費心寫的書，不免納悶原因為何，年輕時許多大堆頭的書，都能閱讀得津津有味，現在卻屢屢半途放棄。

於是重讀一些經典的舊書，發覺讀得興致盎然。譬如新版本的《魂斷威尼斯》，才一啟頁就被托瑪斯．曼那沉穩、幽靜的敍述語調迷住，像是聆聽一位有著迷人貴族腔調的全知旁觀者，用洞悉一切又懷著悲傷同情的態度，對我們說出因為勇於面對自我靈魂，終於落入悲劇深淵的故事。

我當年先看了維斯康堤一九七一年的同名電影，比諸出版於一九一二年的原著小說，維斯康堤似乎沒能體會托瑪斯．曼的幽微寓意，尤其最終的死亡，並非是對愛欲的詛咒或懲罰，而更是對決心追求美的極致後，一種救贖般的自我解脫，情境是有些類同被逐出伊甸園的亞當與夏娃，那般求仁得仁的心情。

托瑪斯・曼在小說結尾，這樣描述作家的死亡：「而他依稀覺得那個蒼白、可愛的招魂者，從遠方向他微笑，向他示意，……並走進充滿希望的陰森神祕之中。一如平常，他起身隨他而去。」

像是在對生命之外更浩大的神祕致意，因此沒有任何悲情地投入另一段路途。托瑪斯・曼把悠遠的生命思索，放在相對簡單也顯得突兀無因的旅程裡，含蓄地對我們點出來，正是生命的不可控制也無可預測，才得以有著聆聽到遠方召喚的可貴機運。

這種含蓄也謙卑的哲思寓意，絕對遠遠超過一個衰敗同志作家的自我懺情，這樣表象簡化的小說描述。托瑪斯・曼知道會這樣被解讀的必然，但他依舊十足自信地深愛著這小說，他這樣形容這本書：「……一切都恰到好處，凝結成純淨的水晶。」

有時，我不能理解為何我會被百年前的小說迷住，反而困頓於許多當代小說的閱讀？我猜想是那時代的氣質與力量，或是那些作家所孕育的自身思想，讓我能著迷地屢讀不厭？

我完全沒有答案。但是，我喜歡托瑪斯・曼的優雅與含蓄，我喜歡他如詩般的神祕氣質、勇敢破解生命迷障的勇氣，還有，因此發出來高亢嘹亮的哨音。

一個文明的黃昏

文明的起落與更替，只要認真綜觀人類的歷史，就知道是不可迴避的現象。而且，一度輝煌的文明出現落幕跡象時，就有如黃昏異常的繽紛燦爛景象，讓人既是目不暇接的讚歎，又會對那將臨的未知黑夜，感到深深的焦慮難安。

最近藉著飛機上的時光，閱讀法國龔固爾文學獎得主韋勒貝克的小說《屈服》（麥田出版），就讓我有這樣的強烈印象。這是一本帶著「政治預言」的小說，描述在二〇二二年的法國大選，伊斯蘭政治家當選總統，伊斯蘭世界財力大量湧入，藉此直接主導各種關鍵職位，也將伊斯蘭的價值觀與意識形態，透過政治措施廣泛鋪展。

直接與之遭逢發生衝撞的，自然是近五百年主導世界走向，以白種人為中心的基督教文明。小說寫得好看也巧妙，各種政治隱喻都不露痕跡穿插在情節中，尤其把以現代性及殖民主義興起的歐陸文明，面對這一波必將衰敗的時代挑戰，歸導到宗教與民族主義的矛盾上，更是直觸此刻歐洲社會的神經所在。

對於歐陸文明的起落，做出觀看與反省的文學創作，其實十九世紀後期起就絡繹不絕，態度上憤怒、焦慮與反省者皆有。閱讀《屈服》時，立刻跳入我腦海的小說，是得過諾貝爾文學獎的南非小說家柯慈的《屈辱》。兩本小說都藉由一個正陷入生命意義困境的遲暮教授，因為遇到了意外（一個與有色人種女校工有染、一個是社會價值系統一夕改變），而忽然墜入難堪與被動的生命處境。

兩本小說都以代表知識菁英的白人男教授，如何受辱地被迫面對原本與自己不相干諸多議題的衝擊（包括種族、性別、宗教觀等），婉轉探討歐陸現代文明的困境與窘態。只是在柯慈的《屈辱》裡，用深沉哀傷的語調，回頭凝視殖民與被殖民間的深層歷史結構，反省的氣息隱隱可見。相對而言，韋勒貝克的《屈服》，卻有著更多的憤怒不安，並將他對社會現象的直視，轉成有些聳動意味的挑釁訊息。

兩本都是好小說。但是，我當然愛柯慈多於韋勒貝克，原因不在於技巧高下，更在於作為一個小說家，在看待人類文明必然起落時，所能顯現的寬大與慈悲吧！

書的告別

我還有幾年就要退休，別人會好意問我退休後的計畫，老實說我並不擔心、也不怎麼在乎。反而，真正讓我一直縈繞不去的，是研究室可能上千本的書籍，到時要如何安排的問題。

我現在住了二十年的公寓，只有二十坪大小，容不下太多閒雜物品，書籍尤其是難處理與捨棄的「餘物」。我把建築與藝術類的書籍，全部置放學校研究室裡，家裡則是文哲史類的書籍。這樣看似涇渭分明的安排，時間久了依舊各自氾濫出來，必須幾次發狠清理，忍心送出去數量龐大的書籍。

但是，這樣且戰且走的權宜作法，眼看研究室之後要被收回，就得面對真正的考驗，而且我已經清楚告訴自己，絕不增加住處的藏書量，因而即將面臨存書的斷捨離，讓我頭皮發麻好久。

藏書，真的不能捨也很難棄嗎？老實說，如果生命都難免要告別，和自己的書籍分離，應該本是要面對的平常事情吧！尤其，我之前接觸幾位建築界的長者，離世前掛念不下那些收藏了幾十年的書，到了真正人過世後，也沒見到這些難捨的書籍，得到後人同樣珍愛的對待。

現實確實就是可以這樣無情。然而，一本書與書主人的關係，其實早已超越書的販售價值，而是在閱讀過程中，人與書所建立的心靈連結，才最是令人念念不捨的部分，也是他人難以輕易替代的關係。

我目前覺得還是得清除書籍，好讓住處書籍的數量，不超出目前的飽和狀態。這意味著可能得捨棄約一千本的書，有些像必須把自己豢養已久的寵物，做好如何交付他人接管的打算，自己如何難過與不捨，已然不是重點，反而如何好好選擇新主人，才是理性思考的關鍵。

能找到對這些書有同樣感覺的人，讓書能夠歸屬得人，自然是最理想的狀態，而且若是能由一人完整接受，尤其更是完美。我不喜歡把書捐給圖書館或機構，這些單位讓我覺得像是收容流浪貓犬的地方，成列的書被無情地編碼上架，書籍與閱讀者的關係，有些落花流水般來去不相干的無情。

哈哈，光是幾年後的離開研究室，已經讓我現在為了與書的告別，顯得坐立難安、猶豫不決，真不知改日告別人生時，會更要怎麼煩惱不完呢！

痛苦與榮耀

看完阿莫多瓦的《痛苦與榮耀》，溫暖、真摯也動人，出乎意料外的喜歡。一九八七年我在芝加哥的同志影展初看他的《欲望法則》，感覺像是遭到雷擊般的震撼，此後就追隨阿莫多瓦的電影不放，但是近年逐漸鬆弛無感，覺得他似乎疲態漸出。

這部電影又喚起我對阿莫多瓦的電影感情，那種曾經熟悉的愛與痛不可分、欲望與罪惡感總是交錯纏身的狀態。這電影是描述一個暮年的導演，在日常生命意義頓失與身心解崩的時刻，開始回憶起童年與母親的生命點滴，而且在主角的此刻現實裡，近乎遺忘的過往戀情片段，也突然如召喚般一一閃現眼前。有如是在作迴光凝視的電影，敍述情節時的深情與收斂、哀傷與感懷，冷靜也溫柔地交織，對人性與愛情的緬懷與致意，影片頭尾流露滿溢。

《痛苦與榮耀》的凝目靜觀，確實有著當年讓阿莫多瓦揚名的《欲望法則》裡，深切去剖看自己內裡痛苦的誠懇與力道，只是相較過往對愛情與欲望的義無反顧，以及因之徬徨失據的迷惘，這部影片緩緩引出來母親的愛，告訴我們什麼才是真正支撐自己的力量源頭。

這樣有如大河流淌不停，總是適時在絕望與渴飲時出現的母愛，一直化身以關愛的女性角色，在阿莫多瓦的電影裡反覆出現。那種無怨無悔的關愛與付出，忍著心看他受苦自焚，以及屢屢還要被他嫌棄背對的落寞，終於在《痛苦與榮耀》裡，真正地以母親的身影走了出來。

這個慈愛與光輝滿溢、有如聖母瑪利亞的角色，其實隱隱對照著另一個也在阿莫多瓦電影裡，讓藉由欲望作宣洩的愛情，時時刻刻充滿罪惡感，總是揮之不去的那個上帝。是的，欲望與愛情驅策著阿莫多瓦的創作，他也藉由創作來對抗上帝的隱性譴責，同時塑造出一個個有如母親的女性角色，以親情般寬大的愛，來包容及撫慰他驚惶不安的靈魂。

一九八七年我在芝加哥工作，雷根的保守主義高張，愛滋病的蔓延與流言，讓同志社群風雲變色。記得冬夜在電影院外的人行道，我在長長的隊伍裡排隊，預備買票看同志影展的《欲望法則》，卻忽然有兩部汽車駛來，搖下車窗傳出謾罵的話語，以及丟擲出來的空酒瓶，那種恐懼與不安的當下感覺，我現在還深深記得。

那樣因自身的欲望與愛，卻要蒙受著龐大譴責的壓力，其實一直繼續籠罩著我們人間的環境。然而，那夜挺立買票的人群，沒有人因此退卻，並且立刻就對罵回話。那隔日我又去看虞戡平的《孽子》，滿場觀眾的笑與淚，結束全場起立鼓掌不歇，讓我明白痛苦與榮耀的如何不可分離，以及人間愛的必然永不凋零。

我要封鎖你

我其實滿喜歡臉書的封鎖功能，有些類似電影《小丑》的主角，自從有了手槍，忽然顯得精采卻也帶來自毀的人生。我使用臉書十年，算一算總共封鎖二十六人，有點覺得像拉肚子一樣暢快，只是不知有多少人，也同時間封鎖了我？

臉書一個指鍵就可以封鎖朋友，現實裡要斷絕一個既存友誼，可沒這麼容易與暢快。朋友本是祝福與詛咒交夾，經常還要是禍福相倚的事情，有人決定不再與你為友，就算可能是人生一大樂事（有如少了一個討厭麻煩的親戚或鄰居），但大半的人都視此為人生羞辱，好像一旦被拒絕往來，就有如被什麼重要的宴會，拒絕邀請地排除在外，既羞也怒地憤憤難平。

臉書的朋友比現實的朋友，當然要繁多跟複雜無數倍，但是這種愛恨交織的黏稠度，相對卻要稀薄許多，現實的情感與利害關係，反而經常不痛不癢，萍水相逢的意味濃厚，一言不合轉身就走。

這樣遊戲般的無情態度，可能即是未來人際關係的預示，也就是透過各種社交網路媒體的協助，每個人都可以迅速連結一群志趣相投的朋友，這些朋友招之即來揮之即去，說話順耳開心就多談幾句，一言不合大可立即刪除，打電玩一樣俐落清楚，各樣現實負擔幾乎不存。

相對來看，現實裡的人際網絡（親人朋友同事鄰居等），就要顯得沉重許多，日常往來不可免的摩擦爭議，以及因生活連結而生的期待與要求，讓每一個關係都必須費力去經營，加上沒有自主決定去留的空間，只能開心時依偎婆娑、不開心時強顏應付。

現代社會讓人的孤獨感加大，人在現實網絡裡的挫折感，也一樣快速地膨脹，電影《小丑》主角的際遇，就是描述被社會全然排除與孤立的個體，如何憑藉著手中的一把手槍，去挑戰與報復這個無情無義的大社會，並終於壯烈地成為無名英雄的悲諷故事。

《小丑》主角如果也有網路社交網絡，讓他可以任意每日交友刪友，不知道會不會因此比較不孤單寂寞？或者說，這樣藉著可以彼此無感地相互刪除帳號，來發洩對人際需索困境的戲碼，或許正就是現代人生的真實縮影，也是現代人其實正在自我封鎖的不歸路明證？

緩慢的力量

我一直提醒自己要慢下來過生活，但不覺間又會陀螺般轉起來。

之前，所以想慢下來，多半是身體發出警訊，只好半強迫地放慢腳步，骨子裡有些不情願。譬如二十多歲時，因為屢犯十二指腸潰瘍，朋友送我斷食的治療書籍，遇到潰瘍出血或其他身體狀況時，就閉門臥床一兩日，生活節奏完全放空，以緩慢來對抗疾病，經常也收到成效。

前幾年身體檢查出徵狀，立刻斷絕頻繁的常態外務，想以簡短舒緩的生活，讓身體有機會修復。然而，這樣當下燃眉之急的應對，畢竟情境壓力一過，就會忘記輕忽掉，瞬時又恢復忙碌節奏。

所以如此，應該是我已把忙碌視為生活常態，甚至擔心不忙碌就是失敗者的證明。記得剛開始寫小說時，把王文興的「慢寫」法則，視為模仿的標竿，後來卻發覺自己其實無法慢下來，只得把緩慢書寫暫置一旁。

最近去屏東竹田鄉，說正在申請「慢城」認證，應是繼花蓮的鳳林鎮、嘉義大林、苗栗南庄與三義後，積極爭取國際慢城組織（Cittaslow International）的下個鄉鎮。若仔細去看慢城的八大公約，重點其實是放在生態永續、在地價值與全球化的對抗上。但是，我覺得緩慢的意義，不應僅存在於環境與商品／資本或全球化的議題上，更要進入關於生命意義的思考。

尤其，在一切都速食化的時代，許多因為慢而得的品質，譬如閱讀、聽音樂、睡午覺、打太極拳、發呆沉思等，幾乎都要逐漸被淘汰。但是，同時間卻也發覺能放慢的人，其實未必會是失敗者，根本不能停下來的人，經常更不是勝利者。

能因快而獲益的思維，大約是源於以量制價的邏輯，其中對量的崇拜與追求，造成對於質的輕忽無視。更嚴重的是許多人進入這樣的快速節奏後，不僅不知道為何必須如此，經常還要陷在其中的受苦折磨。

台灣社會其實正處於快與慢的價值辯證間，也就是從過往以快速及量產獲利的時代，逐漸正轉往憑靠緩慢與品質的優勢。也就是說，是終於發覺生存競爭，其實可以與生活品質共存，而且緩慢可以就是生命的力量，而不是逃避與對抗的藉口。

因此，我期待以生命品質作導向的「慢島」，能成為台灣的未來標章！

可靠的台灣人

我旅行過不少地方，因此明白文化與民族性的差異，更是領略到所謂「文明」的不同面貌。也清楚外來者雖難以輕易判別一個社會的真正高下，但在應對在地的日常過程中，卻可以很真實感受到某種社會的狀態。

第一個讓我有這樣深刻印象的地方，是八〇年代拜訪的東京。那時我所剛離開的台北，民主人權與身分自明的氛圍熾烈，然而在日常生活裡，偷盜欺騙的事情，以及不可盡信人的防禦態度，依舊是鄰里可聞的話語。

我還記得家裡辦喜事，一家人從飯店回來時，民生社區的家居公寓被洗竊一空，鄰居說喜宴早就是宵小盯注的目標，難怪整個社區家家掛鐵窗，遭竊消息卻依舊此起彼落。

然後去東京，注意到人們對公共領域的尊重態度，這包括垃圾、噪音、秩序與儀態等，最令我驚訝的，還是對他者可以信任的態度，儘管夜裡看見西裝革履的人，離奇地獨自醉倒街頭，然而似乎沒有任何人，會因此去覬覦他的財物。

這種不在他人身上圖謀利己的好處，甚至能夠在原處撿回遺忘或掉落物件的事實，讓我驚訝不已。尤其，我當時已去到應是「文明」峰頂的美國，反而完全見不到人與人的互信，更不用說另外旅行的其他各國城市，想要撈取甜頭好處的明暗手法，簡直是多不勝數。

感覺到台灣人的可靠，其實是一次由台北去美國密蘇里的妹妹家，要把母親接返台灣。返程的早晨大雪紛飛，我獨自駕著租來的車，在高速公路上摸索前進，由於風雪掩蓋了路標，又無法停車問路，到機場已經沒有時間去還車，直接停在機場大廳的門外，拉著母親衝進去。

雖然僥倖取得登機證（只是國內航班），然而登機時間已到，我看著大廳外的租車，完全不知如何處理。那時，我環掃大廳內的人，有個男子像是台灣人，直接衝過去問：「你是台灣人嗎？」他點了點頭，我告訴他必須立刻登機，可否幫我把外面的租車還掉，就把鑰匙塞給他，然後帶著母親奔上飛機。

能夠生活在逐日互信互敬的社會，真讓人有些感動。

在飛機上開始忐忑起來，想著若是那人直接把車偷走，我是不是要賠不完了呢？結果這位陌生的台灣人，居然把租車處理完，讓我真實感覺到可靠的存在。現在經常會聽到遠來的人，稱讚台灣人的不貪不欺，我當然知道並不盡然如此，心裡卻明白在不覺間，台灣社會已漸漸成為我一度羨慕的東京模樣，也就是社會的整體道德品質，可以超越個體的私利欲望。

我不知道這是不是教育、經濟或階級差異，被有效處理的成績，或是文明與文化的演化結果？無論如何，能夠生活在逐日互信互敬的社會，真讓人有些感動著呢！

九　歌　文　庫　　1　3　2　1

散步去蒙田

國家圖書館出版品預行編目（CIP）資料

散步去蒙田／阮慶岳著．-- 初版．-- 臺北市：九歌，2020.02
面；　公分．--（九歌文庫；1321）
ISBN　978-986-450-277-6（平裝）
863.55　　108023035

作　　者——阮慶岳
內頁攝影——阮慶岳、謝英俊、打開聯合設計工作室
責任編輯——張晶惠
創 辦 人——蔡文甫
發 行 人——蔡澤玉
出　　版——九歌出版社有限公司
台北市 105 八德路 3 段 12 巷 57 弄 40 號
電話／02-25776564・傳真／02-25789205
郵政劃撥／0112295-1

九歌文學網　www.chiuko.com.tw

印　　刷——晨捷印製股份有限公司
法律顧問——龍躍天律師・蕭雄淋律師・董安丹律師
初　　版——2020 年 2 月
定　　價——300 元
書　　號——F1321
I S B N——978-986-450-277-6